Triuento
Serra Capriola
Cupara
Citella
S. Lucio
Ferenzola
PIA
NA
Busso
Montella
Lucera
Casalarbore
Ariano
Troia
Fogia
Ascole
Salpe
Boniuento
Vulturaria
Corneto
Callitri
Auellino
Leone
Rapola
Venosa
Guarda
Melfi
Solefra
Atella
Spinazzola
Cirignola
Seuerino
Cito
RO
Caua
Sere
Euoli
Salerno
Cagliano
Cauallo
La Duchessa
Diano
Padulla
S. Clerico
Sera
Pisciota
Rofruno
Riuella
Vlastra
Casele
Gioia
Cenzola

MASUCCIO

Novellino

Renaissancenovellen aus Neapel und dem Süden Italiens

Mit einer Einleitung von
GIANNI CELATI
und einem Nachwort von
ALICE VOLLENWEIDER

Büchergilde Gutenberg

Aus dem Italienischen von Hanns Floerke,
neu durchgesehen von Maja Pflug

Lizenzausgabe für die Büchergilde Gutenberg,
Frankfurt am Main, mit freundlicher Genehmigung
des Verlages Klaus Wagenbach, Berlin

Der Schuber verwendet das Bild *Die Ekstase des hl. Franziskus*
von Giovanni Bellini (um 1485, Ausschnitt), der Einband
Das Demütigungsspiel des Borso d'Este
von Francesco del Cossa (um 1480, Ausschnitt)
Gesamtausstattung Rainer Groothuis
Satz aus der Korpus Bodoni mager von MEDIA trend, Berlin
Druck und Bindung durch Clausen & Bosse in Leck
Printed in Germany.
ISBN 3 7632 3535 3

INHALT

DIE WITWE UND IHR SOHN 36

Eine Witwe verliebt sich in ihren Sohn und läßt sich von ihm mit Hilfe einer betrügerischen List fleischlich erkennen. Nachdem sie schwanger geworden, entdeckt sie dem Sohn auf Umwegen die Wahrheit. Dieser verläßt sie empört und geht außer Landes. Die Sache wird ruchbar, und die Mutter nach der Niederkunft von dem Podestà verbrannt.

*

EINE VORSICHTIGE LIEBHABERIN 43

Eine Dame, die sich in einen hübschen Jüngling verliebt hat, läßt ihn sich durch einen Verwandten mit verbundenen Augen in ihre Schlafkammer bringen, genießt mit ihm eine Nacht und gibt ihm an, wann und wie er zu ihr zurückkehren solle. Der Jüngling zieht einen Freund ins Vertrauen, die Dame hört davon und schickt nie wieder nach ihm.

*

DIE RACHE DER VERLASSENEN 48

Ein von ihrem Liebhaber verlassenes Mädchen verkleidet sich als Mann und macht sich auf, den Geliebten zu töten. Sie wird von den Häschern des Vizekönigs aufgegriffen und bittet den Podestà, sie auf ihrem Rachezug zu begleiten. Er geht mit ihr, um Zeuge ihres Muts zu sein, erkennt ihre Mannhaftigkeit, benimmt sich ihr gegenüber mit der größten Höflichkeit und verläßt sie, nachdem die ursprüngliche Liebe wiederhergestellt ist.

*

DIE GEILE FRAU UND DER ZWERG 54

Ein provenzalischer Ritter liebt seine Frau über alles; diese läßt sich, von Geilheit übermannt, von einem Zwerg fleischlich erkennen. Eine zum Hause gehörige maurische Sklavin durchbohrt das Paar während der Umarmung mit einem Speer und der Gatte läßt es den wilden Tieren zum Fraß vorwerfen.

*

DAS DREIFACHE VERSPRECHEN 58

Viola verspricht dreien ihrer Liebhaber, sie in ein und derselben Nacht zu befriedigen. Der erste erscheint, wird aber vom zweiten gehindert, sich seiner Beute zu bemächtigen. Es erscheint der dritte, und als er sich vom zweiten zum besten gehalten und den Eintritt verwehrt sieht, merkt er den Betrug und setzt der Gewalt die List entgegegen, so daß er sich an dem ersten wie an dem zweiten bitter rächt und zu guter Letzt der Besitzer der Beute wird.

Novellino

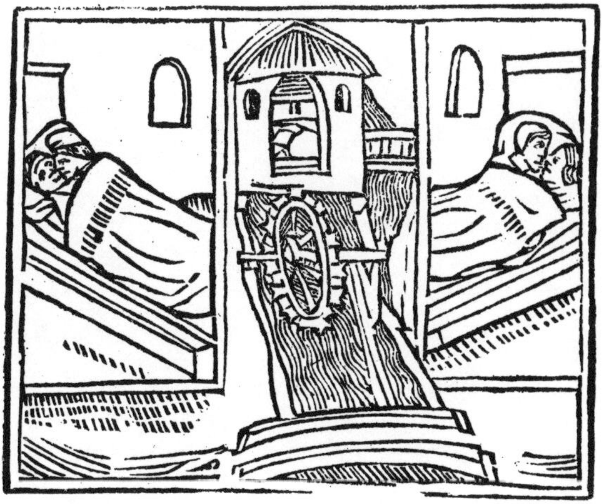

ZAUBEREICHELN UND WUNDER

Ein dicker Antonitermönch errettet durch Zaubereicheln zwei Schweine vor dem Tod. Die Besitzerin schenkt ihm ein Stück Leinwand. Ihr Mann kehrt zurück, gerät in Zorn und verfolgt den Mönch, um die Leinwand wiederzugewinnen. Dieser erblickt ihn von weitem, wirft glimmenden Zunder in die Leinwand und gibt sie dann ihrem Herrn zurück. Das Feuer verbrennt die Leinwand, die Leute glauben, es handle sich um ein Wunder und führen ihn in die Stadt zurück, wo er mit Geschenken überhäuft wird.

*

Wie jeder weiß, wandern die Spoletaner und Cerretaner als Brüder des heiligen Antonius unausgesetzt durch Italien und sammeln die ihrem heiligen Antonius versprochenen Gegenstände ein. Unter diesem Vorwand ziehen sie predigend umher und tun angebliche Wunder und füllen mit allen anderen Arten von listigen Betrügereien, die sie anwenden können, ihre Taschen reichlich mit Geld und anderen Dingen, worauf sie dann heimkehren, um ein faules Schlemmerleben zu führen. In unser Königreich kommen jeden Tag mehr davon als in andere Gegenden Italiens, hauptsächlich aber nehmen sie ihren Weg nach Kalabrien und Apulien, wo sie viel Almosen und wenig Verstand finden. Im Januar vergangenen Jahres kam dort einer dieser Windbeutel hoch zu Roß, mit einem schwerbepackten Esel und einem Diener zu Fuß nach Cerignola, bettelte in der Stadt herum und ließ, wie sie das zu tun pflegen, seinen Gaul zu Ehren des Barons Misser Sankt Antonius niederknien. Da erblickte er vor dem Hause eines sehr reichen Meiers zwei Prachtschweine, und da der Meier nicht daheim war, spendete ihm seine Frau ihr Almosen mit größerer Ehrfurcht als die anderen Frauen. Aus diesem Umstand schloß der Mönch, daß dies ein fruchtbarer Boden für seine Künste sei, wandte sich, das tiefste Bedauern zur Schau tragend zu seinem Diener und sagte leise, doch so, daß die Frau es hören konnte, zu ihm: »Jammerschade um diese schönen Schweine, daß sie so schnell eines plötzlichen Todes sterben müssen!«

»Herr, was sagt ihr da von meinen Schweinen?« fragte die Bäuerin, die bei seinen Worten die Ohren gespitzt hatte. »Ich sage nur,« entgegnete der Mönch, »es scheint mir ein großer Naturfehler, daß sie in ein paar Stunden nutzlos verenden sollen.« »Ach, Mann Gottes,« rief da die Frau, der diese Nachricht im Herzen wehtat, »entdecke mir doch bitte den Grund dieses Fluches, und ob es nicht möglich ist, irgend etwas dagegen zu tun!« »Wackere Frau,« antwortete ihr der Mönch, »ich kann keinen anderen Grund dafür angeben, als daß es so kommen wird infolge eines gewissen Zeichens, das ich an ihnen wahrgenommen, und das außer uns Brüdern, die wir der Gnade unseres Barons Misser Santo Antonio teilhaftig sind, kein Sterblicher bemerkt hätte, – und es gäbe auch ein Mittel dagegen, wenn ich einige von unseren Zaubereicheln zur Hand hätte.« »Oh, so seht doch um Gottes willen nach,« rief die Bäuerin, »ob ihr nicht eine bei Euch habt, ich werde Euch gut dafür bezahlen!«

Da dreht sich der Mönch nach seinem Diener um, der in der Kunst seines Herrn ebenfalls bestens bewandert war, und sagte zu ihm: »Martin, schau mal unter unserem Felleisen nach, ob du nicht eine findest, die ich für unseren Esel aufbewahrt habe, der so oft krank wird.«

Darauf sagte der Meister: »Wir wollen sie dieser Frau in Gottes Namen ablassen, damit die Prachtschweine nicht zugrunde gehen. Sie wird wohl nicht so undankbar sein, sich unser Hospital nicht empfohlen sein zu lassen und ihm ein paar Leintücher für die armen Kranken zu stiften.« Da rief die Frau: »Um der Liebe zum heiligen Kreuze Christi willen, rettet meine Schweine vor einem solchen Unglück, ich werde Euch einen Ballen neuer feiner Leinwand geben, aus dem Ihr nicht ein sondern zwei Paar Leintücher für Euer Spital machen könnt.«

Nachdem sich der Mönch von seinem Diener die Eicheln hatte reichen und ein Gefäß mit Wasser hatte kommen lassen, schüttete er eine große Portion Kleie dazu und warf die beiden Eicheln hienein, worauf er es den Schweinen vorsetzte und dabei mit seinem Diener eine Reihe Gebete hersagte. Und die Schweine fielen wie ausgehungert darüber her und fraßen sofort alles auf. Hierauf wandte sich der Mönch zu der Bäuerin und sagte:

»Nun könnt Ihr sicher sein, daß Eure Tiere vom grausamen Tod gerettet sind, dem sie sonst nicht entgangen wären. Bedenkt nun, was ich Euch für einen Dienst geleistet habe und fertigt mich rasch ab, denn ich gedenke jetzt sogleich weiterzuziehen und mit Gott meinen Weg fortzusetzen.« Er hatte aber nur deswegen solche Eile, weil er fürchtete, der Gatte der Bäuerin möchte unterdessen zurückkommen und den fast schon gelungenen Beutezug vereiteln. Die Bäuerin gab ihm bereitwillig und freudig die versprochene Leinwand, und als er sie in Empfang genommen hatte, schwang er sich alsbald in den Sattel, verließ die Stadt und schlug den Weg nach Tre Santi ein, um sich später nach Manfredonia zu begeben, wo er alle Jahre fette Weide fand. Nicht lange nachdem er fort war, kam der Gatte der Bäuerin, der vom Feld zurückkehrte, nach Hause. Strahlend kam ihm seine Frau entgegen und erzählte ihm, wie seine Schweine durch die Kraft der Zaubereicheln Sankt Antons von einem plötzlichen Tod errettet worden seien, vergaß auch nicht, die Leinwand zu erwähnen, die sie zum Entgelt für einen so großen Dienst dem Spital zu Nutz und Frommen der Armen gestiftet hatte. Als der Gatte, der mit Freude vernommen hatte, daß seine Schweine der ihnen drohenden großen Gefahr entronnen waren, hörte, daß die Leinwand den Besitzer gewechselt, war er über die Maßen betrübt. Und wenn er nicht solche Eile gehabt hätte, sie wiederzugewinnen, hätte er den Rücken seiner Frau kräftig mit einem Stock begrüßt. Um aber schnell das Erforderliche zu tun, fragte er seine Frau lediglich, wie lange der Mönch schon fort sei, und welchen Weg er genommen habe. Sie antwortete ihm, es sei noch kaum eine Viertelstunde her und er habe die Richtung nach Tre Santi eingeschlagen. Der unerschrockene Mann holte sich fünf oder sechs bewaffnete junge Leute und setzte mit ihnen in aller Eile dem dicken Mönch nach, und sie hatten noch keine Meile zurückgelegt, als sie ihn von weitem erblickten. Sie riefen ihm laut zu, er möge halten und ritten weiter rasch auf ihn zu. Als der Mönch, der sich auf das Geschrei umgewandt hatte, die lärmende Schar auf sich zukommen sah, wußte er gleich, wie der Hase lief und ließ sich, von seinen gewohnten Kniffen nicht im Stich gelassen, sofort von Martin die Leinwand reichen, legte sie vor sich auf den Sattelbogen, nahm, den Rücken den Feinden zugekehrt, sein Feuerzeug zur Hand, schlug geschickt Feuer, fing es mit einem Stückchen Zunder auf und als er seine Verfolger nahe fühlte, steckte er den brennenden Zunder zwischen die Falten der Leinwand. Als sie ihn dann eingeholt hatten, wandte er sich um und fragte: »Was wollte Ihr, wackere Männer?« Der Meier kam auf ihn zu und schrie ihn an: »Du schurkischer Tagedieb, du gemeiner, ich hätte nicht übel Lust, dir diese Partisane durch den Leib zu rennen! Bist du nicht so schamlos gewesen, vor mein Haus zu kommen und meiner Frau unter betrügerischen Vorspiegelungen diese Leinwand zu rauben? Die Hirnwut sollst du kriegen! Gib sie her!«

Ohne ihm weiter Rede zu stehen, warf ihm der Mönch die Leinwand in den Arm und sagte: »Möge Gott dir verzeihen, guter Mann, ich habe deiner Frau die Leinwand nicht geraubt, sie hat sie vielmehr freiwillig für die Armen unseres Spitals geschenkt. Aber nimm sie in Gottes Namen, ich hoffe zu unserem Baron Misser Santo Antonio, daß er dich in kürzester Frist ein Wunder an dieser Leinwand sehen lasse und sein Feuer nicht nur in diesen Ballen, sondern auch in deine übrige Habe fahre!«

Zufrieden, daß er seine Leinwand wieder hatte, kümmerte er sich wenig oder gar nicht um den Fluch und die Verwünschungen des Kuttenträgers und wandte sich zur Heimkehr. Er war aber noch keinen Steinwurf weit gekommen, als es ihm brenzlig in die Nase stach und er Rauch aus der Leinwand aufsteigen sah, – ebenso seine Begleiter. Da bekam er's gewaltig mit der Angst, warf die Leinwand auf die Erde, riß sie auseinander und sah, daß sie durch und durch brannte. Voller Angst und Schreck, es möchte noch schlimmer kommen, rief er dem Mönch nach, er möge doch um Gottes willen zurückkehren und seinen wundertätigen Sankt Anton bitten, das harte Urteil zu widerrufen, das so schnell in Erfüllung gegangen sei. Um zu verhindern, daß die Leinwand völlig vom Feuer verzehrt werde, ließ sich der Mönch nicht lange bitten und kam geschwind herbeigeeilt. Und während Martin auf seinen Befehl das Feuer erstickte, warf er sich auf die Erde und betete unter verstellten Tränen inbrünstiglich zu seinem Heiligen. Als dies geschehen war, beruhigte er den Meier über alle anderen Folgen der von ihm begangenen Sünde und kehrte mit seinen Verfolgern in die Stadt zurück. Als sich dort die Kunde von seinem offenbaren Wunder herumgesprochen hatte, eilte ihm alles, Männer, Frauen und Kinder, Misericordia schreiend entgegen und mit nicht geringeren Ehren als Christus in Jerusalem empfangen, zog er in die Stadt ein. Und soviel Gaben wurden ihm gebracht und Geschenke gemacht, daß zehn Lastesel sie nicht hätten tragen können. Nachdem der Mönch dann das meiste in bares Geld verwandelt hatte, zog er reich und seelenvergnügt davon und kehrte nicht wieder in den Ort zurück, um seine Felleisen zu füllen.

DIE ANTWORT DES GEHÄNGTEN

Zwei Leute aus Cava wandern nach Neapel. Der eine bleibt ermüdet in Torre del Greco und der andere kommt spät abends nach Ponte Ricciardo, wo er sich zur Ruhe legt. Ein Amalfitaner kommt nachts dort vorbei, hat Angst vor den Gehängten und ruft zum Richtplatz hinauf. Der Cavote glaubt, es sei sein Genosse und läuft ihm nach. Der Amalfitaner meint, es sei der Gehängte, den er angerufen und reißt aus. Als jener ihm nacheilt, wirft er den Sack, den er trägt, fort. Der Cavote nimmt ihn an sich, trifft seinen Genossen und kehrt heim.

*

Die uralte treuergebene und jüngst zum Teil edel gewordene Stadt Cava besaß, wie wohl bekannt, stets eine Fülle von ausgezeichneten Maurer- und Webermeistern, deren Kunst oder vielmehr Handwerk ihnen so gut bekommen war, und sie an barem Geld und anderen beweglichen und unbeweglichen Gütern derart reich gemacht hatte, daß in unserem ganzen Königreich von keinem anderen Reichtum die Rede war als von dem der Cavoten. Wären daher die Söhne den Spuren ihrer Väter gefolgt und hätten sie ihr Beispiel nachgeahmt, so wären sie nicht jener äußersten Armut verfallen, in der sie gegenwärtig stecken. Vielleicht aber verachteten sie die durch ein so mühseliges Handwerk erworbenen Schätze und legten ihnen als vergänglichen Gütern des Glücks keinen Wert bei, wollten der Tugend und dem Adel als unveränderlichen und beständigen Dingen nachstreben, und haben sich samt und sonders darauf verlegt, Rechtsgelehrte, Ärzte, Notare oder auch Waffenträger und Reiter zu werden, so daß es kein Haus gibt, indem nicht an Stelle des früheren Maurer- und Webergerätes jetzt überall Steigbügel, Sporen und vergoldete Wehrgehänge zu finden wären. Welchen von den beiden Wegen die Leute von Cava hätten fliehen oder verfolgen sollen, das zu entscheiden überlasse ich allen, die mangels anderer Geschäfte diese Novelle lesen und darüber zu urteilen vermögen.

Doch nun zu meiner Geschichte! Zur Zeit, da der berühmte Meister Onofrio de Jordano den wunderbaren

Bau des Castello nuovo* unternommen hatte, begab sich der größte Teil der Meister und einige Handlanger von Cava nach Neapel, um an dem genannten Werk zu arbeiten. Es befanden sich darunter auch zwei junge Burschen aus dem Dörfchen Priato, die nicht weniger begierig waren, Neapel zu sehen, wo sie noch nie gewesen waren, als Sehnsucht nach einem guten Gewinn hatten, und eines Sonntagmorgens einem Meister nachfolgten und mit vielen anderen Cavoten einer hinter dem anderen ihres Weges zogen. Dabei geschah es, daß die beiden, die das Wandern nicht gewöhnt waren, ein gutes Stück zurückblieben. Sie strengten sich aber so an, daß sie, obwohl sie den Weg nicht kannten, den Spuren der anderen folgend, gegen Abend nach Torre del Greco kamen. Der eine von ihnen, der sehr viel müder war als der andere, schlug vor, dort zu übernachten; der andere aber nahm seine Kraft zusammen und beschleunigte, vielleicht im Glauben, seine Genossen noch einzuholen, seinen Schritt so sehr er konnte. Er hatte jedoch nicht mehr soviel Weg hinter sich bringen können, daß ihn nicht mitten zwischen Torre und Neapel die finstere Nacht überrascht hätte. Da bereute er es sehr, seinen Kameraden zurückgelassen zu haben, trottete aber doch weiter und kam, ohne zu wissen, wo er war, an das Zollhaus beim Ponte Ricciardo. Als er die Mauern und die Tür des Gebäudes sah, hielt er es für eine Herberge, näherte sich von Müdigkeit übermannt und um einem feinen Regen zu entgehen, der gerade herabrieselte, der Pforte. Nachdem er aber mit einem Stein eine gute Weile angepocht und niemand ihm geantwortet hatte, mußte er sich notgedrungen in Geduld fassen, setzte sich auf die Schwelle, lehnte den Kopf an die Tür und versank mit dem Entschluß, den Gefährten bis zum anderen Morgen dort zu erwarten, in einen leichten Schlaf.

Zufällig war am gleichen Tage von Amalfi ein armer Schneider aufgebrochen, mit einem Sack voll Wämser auf dem Rücken, die er am anderen Morgen in Neapel auf dem Markt verkaufen wollte. Diesen hatten auf ähnliche Weise die Nacht und die Müdigkeit in Torre über-

* Das Kastell wurde von Karl I. von Anjou gegründet, als er Neapel zur Hauptstadt des Königreichs machte.

rascht, und er hatte dort übernachtet, um sich am anderen Morgen frühzeitig zum Verkauf seiner ärmlichen Ware auf den Markt zu begeben. Mitternacht war kaum vorüber, da wachte er auf und glaubte, durch das Mondlicht getäuscht, der Tag sei nahe. Er machte sich daher auf den Weg, und während er so wanderte, und es noch immer nicht Tag werden sah, begann er, nachdem er an den Gärten vorüber war, an den Strand zu kommen. Und als er dort war, hörte er vom Mönchskloster her die Frühmette läuten, wodurch er merkte, daß die Nacht noch nicht sobald vorbei sein würde. Jetzt erinnerte er sich auch der Gehängten, die beim Ponte Ricciardo zu baumeln pflegten, und da er Amalfitaner war, die von Natur ängstlich sind und wenig Mut haben, begann er sich sehr zu fürchten. Er schlich leisen Schritts dahin und wagte nicht, über die Brücke zu gehen, hatte aber auch große Furcht umzukehren. In seiner Verwirrung und Angst schien es ihm bei jedem Schritt, als ob einer der Gehängten auf ihn zukomme; als er aber den verdächtigen Ort erreicht hatte, dem Galgen gegenüberstand und keinen Gehängten sich bewegen sah, kam es ihm vor, als habe er die größte Gefahr hinter sich, und um sich selbst Mut zu machen, sagte er: »O Gehängter, willst du mit nach Neapel?« Der Cavote, der schlecht und wenig geschlafen und zuerst die Schritte gehört und geglaubt hatte, es sei sein Genosse, war, als er sich nun auffordern hörte, mit nach Neapel zu kommen, dessen ganz sicher und antwortete sofort: »Ich komme schon!«

Als der Amalfitaner diese Antwort hörte, war er überzeugt, daß es der Gehängte sei, und es fuhr ihm daher ein solcher Schrecken ins Gebein, daß er beinahe auf der Stelle tot umgefallen wäre. Doch als er sich wieder faßte und sah, daß jener auf ihn zukam, schien es ihm nicht geraten, auf ihn zu warten; er warf seinen Sack von sich und begann wie wild auf Santa Maddalena zuzulaufen, indem er mit lauter Stimme unseren Herrn Jesus anrief.

Der Cavote, der das Schreien hörte und ihn so schnell davonrennen sah, glaubte, sein Gefährte sei von jemand angefallen worden, lief hinter ihm drein und schrie: »Da bin ich, wart' doch, hab' keine Angst!« Diese Worte vermehrten aber nur die Angst des Flüchtenden. Wie der

Cavote ihm dennoch weiter nachlief, stieß er auf den Sack, den jener fortgeworfen hatte, hob ihn auf und hielt dafür, daß er voll besserer Kleidung wäre. Da er aber wußte, daß sein Genosse einen solchen Sack nicht besaß, erkannte er, daß der Fliehende ein anderer sei, kümmerte sich nicht weiter um ihn und kehrte mit der unerwarteten Beute dorthin zurück, wo er bisher die Nacht recht unbehaglich verbracht hatte. Dort ließ er sich nieder und wartete, daß gegen Morgen sein Gefährte oder andere ihn nach Neapel mitnähmen.

Der Amalfitaner erreichte mit entsetzlichem Schreien und Jammer die Tavernen unweit der Brücke. Dort traten ihm die Zollwächter entgegen und fragten ihn nach dem Grund seines Schreiens. Er versicherte ihnen, er habe einen Gehängten vom Galgen herunterkommen und ihm bis zum Flußufer nachlaufen sehen. Das wurde ihm von allen ohne weiteres geglaubt, und in ihrer Angst, die nicht geringer war als die seine, nahmen sie ihn zu sich hinein, verriegelten die Türen, bekreuzigten sich und verließen das Haus nicht eher, als bis es heller Tag war.

Der zweite Cavote, der mit einem anderen aus Cava in Torre del Greco zurückgeblieben war, kam mit ihm, als es nun Tag geworden war, an das Zollhaus des Ponte Ricciardo. Dort erkannte sie der Wartende an ihrer Sprache, ging ihnen entgegen und erzählte, was er erlebt hatte. Da dachte sich der andere, der mit der Gegend wohl vertraut war, gleich, wie die Sache gekommen sein könnte, und um den erbeuteten Sack nicht zu verlieren, beschlossen sie, über Somma wieder nach Hause zu gehen. So taten sie, und nachdem sie den Raub geteilt hatten, kehrten sie nicht lange darauf nach Neapel zurück.

Die Kunde von dem nächtlichen Vorfall hatte sich in wenigen Tagen im ganzen Land verbreitet, und man erzählte sich als feststehende Tatsache, daß die Gehängten nachts die Leute verfolgten, welche allein über den Ponte Ricciardo gingen, wobei jeder noch verschiedene Märchen dazudichtete, so daß es keinen Bauersmann gab, der, wenn er diesen Ort vor Tagesanbruch passieren mußte, nicht sein Tier und sich selbst bekreuzigt hätte und nur mit Kreuzen und vielen anderen Schutzmitteln versehen an der gefährlichen Stelle vorbeiging.

DER MISSLUNGENE LIEBESZAUBER

Giacomo Pinto liebt eine Witwe. Messer Angelo verspricht ihm, er werde ihm durch Nekromantie zu der Frau verhelfen und sagt, er werde den Teufel Barabas beschwören, was jener glaubt. Er wirft ihm die verlangten Tiere hin und flieht voll Furcht von dannen. Die Geschichte wird bekannt, Giacomo nimmt Kriegsdienste und kehrt als verständiger und reicher Mann wieder heim.

*

Vor wenigen Jahren lebte zu Salerno ein Jüngling aus alter und vornehmer Familie namens Giacomo Pinto, der, wiewohl er aus dem Seggio von Portanova war, wo nach allgemeinem Dafürhalten die Akademie des Geistes unserer Stadt beheimatet ist, besser in unserer Altstadt am Berge gewohnt hätte, in der die meisten, wie die Bewohner sagen, noch so ungehobelt sind wie unsere Vorfahren. Obgleich dieser arm an Beutel und nicht reich an Verstand war, hatte er doch einen hochgemuten Sinn und verliebte sich in eine junge, recht hübsche Witwe, die Schwiegermutter eines unserer Stadthauptleute. Und da er noch nie verliebt war, führte er seinen Liebeshandel so vorsichtig, daß es kein Kind in Salerno gab, das es nicht gemerkt hätte, und daß überall, unter Edelleuten und unter Frauen, mit dem größten Ergötzen davon gesprochen wurde, und jeder ihn damit neckte. Er aber, den nie zuvor empfundenen Liebespfeil im Herzen, kümmerte sich nicht um die Stichelreden und betrieb mit dem größten Eifer, aber vergeblich, das begonnene Unternehmen.

Unter den Mitbewohnern seines Quartiers, die täglich neuen Spaß an seinen unvernünftigen Dummheiten hatten, war ein anderer Edelmann namens Loisi Pagano, ein Mann von großem Verstand und gefälligen Sitten, der sehr zu Scherz aufgelegt war. Diesem allein vertraute sich Giacomo an, und zu ihm sprach er von seiner verzehrenden Leidenschaft. Loisi, der immer mehr dahinterkam, wie verwirrt Giacomos Geist war, kam auf den Gedanken, seine Verliebtheit zu benutzen, um ihn zu foppen und gleichzeitig durch ihn einem anderen Salernitaner eine Strafe zukommen zu lassen, denn dieser, ein zweiter Gonnella*, der sich Messer Angelo nennen ließ, war für all die vielen Betrügereien und Gaukeleien, die er Zeit seines Lebens begangen hatte, noch nie bestraft worden. Er pflegte bald als Arzt, bald als Kaufmann (obgleich er seines Zeichens Schmied war), Italien zu durchstreifen und kehrte oftmals mit praller Geldkatze nach Hause zurück. Als nun eines Tages Loisi mit Giacomo bei dem gewohnten Thema angelangt war, sagte er zu ihm: »Lieber Giacomo, du hast wohl wenig Sehnsucht, deiner Leiden ledig zu werden, da du so ein einfaches Mittel hast und es nicht benutzt. Du weiß doch, daß Messer Angelo der größte Nekromant ist, der auf Erden wandelt, ich selbst kann's bezeugen; denn in vielen Liebeshändeln hat er mir zum Sieg verholfen; zudem ist er dein Verwandter von Mutterseite. Warum gehst du nicht zu ihm und schmeichelst ihm und bittest ihn, daß er dir mit seiner Kunst zur Seite stehe? Du wirst von ihr, sofern er einwilligt, gewiß vollkommen befriedigt sein, und sollte er etwa den Versuch machen, dich zu der Zahl der anderen, die er zum Narren gehalten hat, zu gesellen, so richte ihn derart zu, daß er es sich nie wieder einfallen läßt, einen Edelmann hereinlegen zu wollen,ohne an dich zu denken.«

Als Giacomo dies hörte, war er sehr erfreut und dankte Loisi viel tausendmal; und da er das Ziel seiner Sehnsucht schon beinahe erreicht zu haben meinte, erklärte er, seinem Rat folgen zu wollen. Nachdem sich Loisi mit Mühe von ihm losgemacht hatte, eilte er so schnell er konnte zu Messer Angelo und erzählte ihm, was er eingefädelt habe, um ein paar Tage lang einen Riesenspaß zu haben.

Messer Angelo war hocherfreut darüber, daß ihm diese neue Jagdbeute in die Hände gegeben wurde und wußte nicht, daß Loisi ebensosehr wünschte, daß er gehörig geprügelt, als daß Giacomo gehörig zum Narren gehalten würde. Sie wurden sich bald über die Art und Weise einig, wie sie sich bei der Ausführung ihres Planes

* Gonella, ein Possenreißer, der mehrfach bei Sacchetti vorkommt.

zu verhalten hätten. Und es dauerte auch nicht lange, da ließ Giacomo Messer Angelo holen und entdeckte ihm beinahe unter Tränen unter dem Siegel der Verschwiegenheit seine schon auf allen Gassen bekannte Liebe und sagte dann zu ihm: »Lieber Vetter, Not macht Freunde: Ich habe jüngst vernommen, du seiest ein großer Nekromant, und bin daher überzeugt, daß du mich durch deine Wissenschaft von meiner Pein befeien kannst, wenn du nur willst. Ich bitte dich daher um Gottes willen,nimm dich meiner Not in der Weise an, daß ich nicht allein sagen kann, ich habe durch deine Hilfe die geliebte Frau errungen, sondern mit ihr auch mein eigenes Leben zum Geschenk erhalten.« Messer Angelo anwortete ihm mit freundlicher Miene, er für seine Person sei bereit, ihm in jeder Weise zu dienen, und von einem Thema auf ein anderes übergehend, sagte er: »Lieber Giacomo, ich weiß nicht, wie Ihr so ruhig sein könnt, Euer Mut muß schon ungewöhnlich groß sein!« »Gewiß,« erwiderte Giacomo, »was könnte mich auch anfechten? Du mußt wissen, daß ich bis zur Hölle gehen würde, so viel Verwegenheit hat mir Amor eingeflößt.« »Die Sache ist noch schlimmer,« antwortete Messer Angelo; »denn du wirst notgedrungen mit einem grimmen Teufel namens Barabas Auge in Auge sprechen müssen, den ich allein meinen Wünschen dienstbar machen kann.«

Da rief Giacomo: »Wenn du willst und es notwendig ist, spreche ich mit Satanas, der noch größer ist.«

»Gott gebe es!« sagte der Nekromant, » – aber wie bekommen wir die anderen Dinge, derer wir bedürfen? Denn wir brauchen einen Degen, der schon einen Menschen getötet hat.« »Oh,« antwortete Giacomo sofort, »ich besitze einen, der meinem Bruder gehörte und der mehr als zehn umgebracht hat.« »So haben wir das, was mir das schwierigste schien,« erwiderte Messer Angelo, »die anderen Dinge werden ganz leicht zu beschaffen sein. Nichtsdestoweniger seht rechtzeitig zu, daß sie zur Stelle sind, wenn ich sie von Euch verlange. Es handelt sich um einen schwarzen recht fleischigen Hammel und vier fette Kapaune. Warten wir noch, bis der Mond abnimmt, und dann laßt mich machen: ich werde Euch die Beute in die Klauen liefern, als Gattin oder als Geliebte, wie ihr wollt.« Höchst zufrieden über dieses Angebot, sagte Giacomo, er werde dafür sorgen, daß alles zur angegebenen Zeit zur Hand sei. Nachdem Messer Angelo ihn verlassen hatte und zu Loisi gekommen war, berichtete er ihm die ganze mit Giacomo getroffene Verabredung; und damit zwischen ihnen kein Irrtum vorfalle, kamen sie noch mehrmals zusammen, bevor sie innerlich jubelnd ans Werk gingen.

Nachdem einige Tage verstrichen waren, während dessen Giacomo beständig Messer Angelo gedrängt hatte, sagte dieser zu ihm: »Vetter, ich für meine Person bin fertig, aber habt Ihr beschafft, was ich Euch sagte?« »Aber freilich!« antwortete er, »und das Glück ist mir dabei günstig gewesen, denn eine Schwägerin von mir besaß die schönsten Kapaunen von der Welt, und ich habe mir vier von den besten bringen lassen, außerdem aber habe ich auf merkwürdige Weise einen Hammel bekommen, groß wie ein Stier, dazu pechrabenschwarz und mit vier Hörnern, man kriegt geradezu einen Schreck, wenn man ihn sieht.« Hocherfreut erwiderte ihm Messer Angelo: »Ihr scheint in der kurzen Zeit ein ganz anderer Mensch geworden zu sein, Vetter, es will mir vorkommen, als habe die Liebe Euch den Verstand so geschärft, daß Ihr den Krebsen die Rechenkunst beibringen könntet. Welcher andere Mensch hätte es verstanden, so viele Dinge in so kurzer Zeit herbeizuschaffen? Macht Euch also bereit; denn diese Nacht komme ich und hole Euch.« Und nachdem er ihn verlassen, verabredete er mit Loisi, daß er ihn zu geeigneter Zeit am ausgemachten Orte erwarte.

Als dann die Nacht gekommen war, erschien er in Giacomos Haus und sprach zu ihm: »Wollen wir gehen? Die Stunde ist gekommen.« »Jawohl, Messer,« antwortete dieser. Und so ließ sich Messer Angelo den mörderischen Degen geben, packte Giacomo den Hammel auf die Schultern und hing ihm ein Paar Kapphähne an jeden Arm, worauf sie sich zu einigen eingestürzten Häusern begaben, in deren einem sich Loisi mit einigen Edelleuten versteckt hatte, um auch andere des zu erwartenden Zwerchfellschmauses teilhaftig werden zu lassen.

Dort angelangt, sagte Messer Angelo zu Giacomo gewandt: »Seht, Vetter, wir sind nunmehr an Ort und

Stelle. Ohne schwere Gefahr für uns könnten wir nicht zurückkehren, darum seid mutig! Doch will ich nicht verfehlen, Euch einzuschärfen, daß Ihr niemals, welche Schreckgestalten Ihr auch sehen oder hören möget, Gott oder die Mutter Maria anruft, oder Euch gar bekreuzigt: wir würden sonst alle in Luzifers Rachen geschleudert. Sollte Euch aber doch einige Angst beschleichen, wie es in ähnlichen Fällen wohl zu geschehen pflegt, so befehlt Euch dem Sattel, den der Esel in Ägypten trug; denn darauf saß die Mutter mit dem Sohn und damit werdet ihr jenen von Gott Verfluchten betrügen.« Giacomo erklärte, er werde sich genau daran halten. »Nun los,« rief der Nekromant, »Ihr sprecht nach, was Ihr mich sagen hört; und wenn wir Barabas beschworen haben werden und er schreit: ›Gib mir die Geschwänzten!‹ so werft ihm gleich die Kapaunen hin, und ebenso macht Ihr's mit dem Hammel, wenn er den Gehörnten verlangt.« Auch das erklärte Giacomo sehr gerne tun zu wollen. Nachdem Messer Angelo diese Weisungen erteilt hatte, zog er den Degen hervor und beschrieb damit auf der Erde einen großen Kreis und malte einige Zauberzeichen hinein; und mit Hilfe des Feuers, das er mitgebracht hatte und einiger Büchsen voll übelriechender Sachen erzeugte er einen entsetzlichen Gestank, und indem er so tat, als spreche er seine Beschwörungen, wobei er Kopf und Mund, Hände und Füße auf das seltsamste bewegte, sagte er zu Giacomo: »Stellt den linken Fuß in den Kreis und sagt mir, was wollt Ihr lieber: ihn hier vor Euch in seiner ganzen Schrecklichkeit sehen, oder ihn aus diesem Häuschen da uns gegenüber sprechen hören?« Als der bedauernswerte Jüngling, den die Liebe und seine Einfalt unter Aufwand großen Muts hierhergeführt hatten, sah, daß der Anfang des Spiels schreckenerregend war, begann er Angst zu bekommen und antwortete dem Zaubermeister, es genüge ihm vollkommen, ihn sprechen zu hören; dennoch trat er mit einem Fuß in den Kreis, und da er sich vor Zittern und Beben der Eselin von Jerusalem nicht mehr entsann, rief er alle Heiligen des Himmels ohne Ausnahme zur Hilfe.

Als der Meister merkte, daß Giacomo in der Hölle zu sein wähnte, sagte er zu ihm: »Rufe dreimal Barabas.« Er rief, das Schlimmste fürchtend, zum erstenmal. Loisi, der als Teufel verkleidet war, ließ einen Blitzstrahl aufflammen mit einem Krach wie von einem Büchsenschuß, bei dem wahrhaftig jedes menschliche Herz von Furcht gepackt worden wäre. Ob Giacomo in diesem Augenblick zu Hause hätte sein wollen, danach braucht man nicht zu fragen. Vom Meister aufgemuntert, rief er nun zum zweitenmal, und der Teufel ließ einen stärkeren Blitz aufflammen und einen größeren Donner krachen, und umso größer war auch Giacomos Entsetzen.

Der Meister, der wohl merkte, daß der Dummkopf halbtot war, ließ nicht ab, ihm zuzureden und zu ihm zu sagen: »Fürchte dich nicht, Vetter, wir haben ihn so gut gebunden, daß er uns nicht schaden kann, rufe daher zum drittenmal.« Um zu gehorchen, wiewohl sehr ungern, tat er es, aber so leise und bebend, daß man es kaum hörte. Da ließ Loïsi den dritten Blitzstrahl aufflammen und stieß zugleich einen so entsetzlichen Schrei aus, daß nur wenig fehlte, und Giacomo wäre tot umgefallen. »Sei getrost«, rief ihm der Meister zu, »und habe keine Angst; denn er ist unser Gefangener; doch wisse, daß er nun von dir beschworen werden muß, und darum sprich mit lauter Stimme nach, was ich dir vorsagen werde.« Und damit trieb er ihn an und ermunterte ihn, eine Beschwörungsformel zu sprechen, die er sich zurechtgelegt hatte.

Als aber Giacomo den Mund öffnen wollte, überfiel ihn ein solches Zähneklappern und Knieschlottern, daß er sich nicht auf den Füßen halten konnte. Da begann Messer Angelo wirklich für sein Leben zu fürchten, und es schien ihm, daß es für diesmal genug sei, weshalb er selber Barabas zu beschwören begann.

Als Loisi, der mit seinen Kumpanen ganz schwach vor Lachen war, sah, daß die vorgesehene Ordnung nicht durchgeführt wurde, schrie er, um nicht selbst zu den Angeführten zu gehören: »Gib mir die Geschwänzten und den Gehörnten!« »Wirf ihm alles hin«, sagte da der Meister, »und lauf so schnell du kannst, und drehe dich nicht um, sofern dir dein Leben lieb ist!«

Giacomo, dem es vorkam, als sei er wirklich in der Hölle, fühlte sich wie erlöst, warf die Kapphähne und den Hammel in das kleine Haus hinein und gab mit solcher Geschwindigkeit Fersengeld, daß ihn die Berberpferde, die sonst immer das Rennen gewinnen, nicht eingeholt hätten. Bald nachdem er zu Hause angekommen war, erschien auch der Meister und fragte ihn: »Nun Vetter, was haltet Ihr von meiner Zauberkunst? Seid guten Mutes, das nächste Mal werden wir unseren Zweck erreichen.« Da antwortete ihm Giacomo: »Es mag mitgehn, wer mir übel will, ich würde nicht dorthin zurückkehren und wenn ich das Kaiserreich gewinnen könnte; sieh also zu, lieber Vetter, daß du die Sache auf andere Weise bewerkstelligst, dann werde ich dir ewig dankbar bleiben.« »Sei's denn in Gottes Namen!« entgegnete der Meister, »ich werde Euch zuliebe wieder über die Sache nachdenken, denn Ihr sollt auf jeden Fall zufriedengestellt werden.« Und nachdem er noch viele trügerische Worte an ihn hingeredet hatte, begab er sich nach Hause.

Nachdem Loisi die Tiere der heiligen Darbringung hatte holen lassen, verabschiedete er seine Genossen und begab sich zur Ruhe. Als dann der neue Tag gekommen war, ließ er mit diesen und anderen guten Sachen für Giacomo und viele andere, die um die Sache wußten, ein stattliches Mahl herrichten. Und während die ganze Gesellschaft beim Essen saß, war es, als sei es keinem der Gäste vergönnt, das Lachen zu unterdrücken, und damit nicht genug, fingen sie an, Barabas zu rufen und andere scherzhafte Bemerkungen fallenzulassen, so daß Giacomo merkte, daß alle Teilnehmer dieses Mahles sich über ihn lustig machten. Loisi entging dies nicht und daher schien es ihm an der Zeit, daß sein erster Gedanke zur Ausführung komme, daß heißt, daß der Betrüger für seine alten Sünden von dem Neubetrogenen bestraft werde. Als das Essen zu Ende war, rief er Giacomo zu sich und erzählte ihm freundschaftlich vor vielen aus ihrer Gesellschaft, was Messer Angelo gemacht habe, um ihn zu betrügen.

Giacomo erinnerte sich nun der früheren Worte seines Freundes Loisi und zweifelte nicht im geringsten, daß es sich so verhalte, nahm, das Herz voller Ingrimm, von ihm Abschied und ging schnellstens den vorgeblichen Nekromanten aufsuchen. Ohne auch nur ein Wort an ihn zu richten, packte er ihn an den Haaren, warf ihn zu Boden und bläute ihn mit so vielen Faustschlägen und Fußtritten durch, daß es ein Wunder war, daß der Angefallene es aushielt. Und nachdem er bei dieser Arbeit warm geworden war, ergriff er einen Stein, und wenn sich nicht viele mit großem Eifer auf ihn gestürzt und ihm diesen mit großer Mühe entrissen hätten, so wäre das Messer Angelos letzter Betrug gewesen.

Als Giacomos Wut dann allmählich abgekühlt war und er trotz all seiner Beschränktheit erkannt hatte, wie die Sache lag, überkam ihn eine solche Scham, daß er nicht mehr den Mut fand, aus dem Haus zu gehen und sich daher entschloß, die Stadt ganz zu verlassen. Er verkaufte also ein kleines Gütchen – mehr hatte er nicht übrig behalten – kaufte sich von dem Erlös Pferde und Waffen und begab sich über die Grenzen des Königreichs hinaus in den Krieg. Nach gar nicht langer Zeit wurde er durch Glück und sein tapferes Verhalten nicht allein reich, sondern ein berühmter Krieger und ein Mann von erstaunlichem Scharfsinn.

Da Amor und Messer Angelo zu all dem Anlaß gegeben haben und es mir scheint, daß dem einen von ihnen von Giacomo vergolten worden sei, bleibt uns nur zu sagen: Erstaunlich, unbegreiflich und wunderbar muß man die Macht des köchertragenden Gottes nennen, und glücklich diejenigen, die von ihm und vom Glück mit heiterem Antlitz angeschaut werden!

Eine Frau aus Trapani veliebt sich in einen Mohren und läßt sich von ihm fleischlich erkennen. Sie beraubt ihren Gatten und flieht mit dem Mauren und einer Türkin nach der Berberei. Um sich zu rächen, begibt sich der Gatte vekleidet in jenes Land, tötet den Mauren und die Gattin und kehrt mit der Türkin nach Trapani zurück, wo er sie heiratet und lange Zeit glücklich und zufrieden mit ihr lebt.

*

Trapani ist, wie viele wissen, eine edle Stadt Siziliens; sie liegt in den äußersten Teilen der Insel und Afrika fast näher als ein anderes Land der Christenheit. Aus diesem Grunde gehen die Trapanesen mit ihren Kriegsfahrzeugen sehr häufig an den Küsten und Gestaden der Mauren auf Raubzug und machen fortwährend sehr beträchtliche Beute, werden allerdings auch ihrerseits gelegentlich von den Mauren gebrandschatzt. So geschieht es denn oftmals, daß sie, um den Gefangenenaustausch oder Rückkauf auszuhandeln, Waffenstillstände schließen, Waren herbeischaffen, kaufen, verkaufen und ganz ungezwungen miteinander verkehren, weshalb es auch wenige Trapanesen gibt, denen die Verhältnisse der maurischen Länder nicht ebenso bekannt wären, wie die ihrer eigenen.

Nun ist es noch gar nicht lange her, da lebte in Trapani ein Edelmann namens Nicolao d'Aguito, der seinerzeit ein sehr berühmter Korsar gewesen war und mehrmals die Berberei gezüchtigt hatte. Dieser hatte sich schließlich häuslich niedergelassen, eine junge und recht hübsche Frau genommen, Kinder von ihr bekommen, und führte ein ehrsames ruhiges Leben. Unter den verschiedenen Dienern und Sklaven, die er hatte, befand sich ein Mohr aus Tripolis in der Berberei, namens Elia, ein starker breitschultriger junger Bursche, aber über die Maßen häßlich. In diesen verliebte sich, von zügellosem glühendem Verlangen ergriffen und überwältigt, Nicolaos Frau, ohne sich von dem Gedanken an den Bruch der Ehe (ein Sakrament, auf das man selten viel Wert legt, wenn anders die Anlage einen nicht davon abhält), noch durch die Erwägung, daß er ein Sklave und sie eine Freie, sie schön und er abschreckend häßlich, sie Christin und er Ungläubiger, zurückhalten zu lassen, wodurch sie gleichzeitig Gott, das Gesetz und die Ehre beleidigte. Sie hielt ihn einfach für jung und dachte, daß er sie wahrscheinlich besser befriedigen könne als ihr Gatte. So war sie denn fest entschlossen, zu probieren, ob der Mohr die Waffen unten ebensogut zu verwenden verstehe, wie oben seine Schultern zum Tragen der schwersten Lasten. Und nachdem sie ihn erprobt und wieder erprobt und erkannt hatte, daß sie sich in ihrer Meinung nicht getäuscht hatte, beschloß sie darin fortzufahren so lange wie ihr Leben und der Wohlstand ihres Gatten währten.

Obgleich nun der Mohr sich dabei recht wohl befand und sich des Spieles aus mehr als einem Grund sehr freute, hatte er doch die Natur der Raubvögel, die sich in der Gewalt der Jäger befinden; wenn diese auch täglich das beste und ausgesuchteste Futter bekommen und in der Freiheit selten und unter Schwierigkeiten sich einer Beute bemächtigen können, trachten sie dennoch danach, wieder in ihre Nester zurückzukehren. So waren auch die Gedanken des Mohren trotz aller Schmeicheleien, Geschenke und trotz des fleischlichen Erkennens seiner schönen Herrin stets darauf gerichtet, nach Hause zurückzukehren; und als schlauer und hinterlistiger Geselle fing er an, sich der Herrin gegenüber melancholisch und traurig zu zeigen und sich ihr, wenn sie ihn gerne genossen hätte, meist zu verweigern. Höchst mißvergnügt darüber drang sie beständig in ihn, ihr doch die Ursache seiner Schwermut zu sagen, sie werde kein Mittel unversucht lassen, ihr abzuhelfen, worauf er ihr endlich mit klaren Worten erklärte, daß er nicht eher zufrieden sein werde, bevor er nicht wieder in seiner Heimat sei.

Diese Worte vernahm die Frau mit einer Betrübnis, wie sie sie noch nie empfunden hatte und bemühte sich, ihn mit den einleuchtendsten Gründen zu überreden, mit seiner gegenwärtigen Lage zufrieden zu sein, ja sie erbot sich sogar, wenn er es wünsche, ihren Gatten zu vergiften und mit ihm gemeinsam sein Vermögen zu genießen. Als sie aber erkannte, daß der Mohr mit der größten Überlegung auf seinem Entschluß beharrte, wußte sie sich nicht mehr zu helfen und entschloß sich zuletzt, mit ihm in die Berberei zu entfliehen.

Sie sagte es dem Mohren, der es mit dem größten Entzücken hörte, und um die Ausführungen des Planes nicht länger hinauszuschieben, wartete er ab, bis das Wetter einen frischen und andauernden Nordwind brachte und nahm, während der Gatte in Geschäften nach Mazzara gegangen war, eines Nachts mit einigen anderen Sklaven ein mit dem notwendigen Schiffsgerät versehenes Fahrzeug, befrachtete es mit verschiedenen leichten Gegenständen, die die Eile ihnen mitzunehmen gestattete, verließ mit der Frau und einer sehr jungen Türkin die Stadt, und so schifften sie sich alle ein und nahmen Richtung auf Tripolis. Das Glück begünstigte sie auf ihrer Fahrt so sehr, daß sie am anderen Tag an den maurischen Küsten landeten.

Während die übrigen Sklaven sich von ihnen trennten und ihre Heimat aufsuchten, begab sich Elia mit der Trapaneserin und der Türkin nach Tripolis, wo er von seinen Leuten mit dem größten Jubel empfangen wurde. Nachdem er einige Tage mit der gemachten Beute zu Hause geweilt hatte, erkannte er, sei es, daß die Gerechtigkeit Gottes, die keine üble Tat ungestraft läßt, sei es, daß seine eigene Überlegung ihn dazu geführt hatte, daß sie, von unersättlicher Geilheit getrieben, den Gatten verraten, der sie wie das eigene Leben liebte, die Kinder verlassen, was nicht wenig verwunderlich war, sowie das Vaterland und das Gesetz ihres Gottes preisgegeben habe; und das samt anderer Züge des bösen Weibes bedenkend, kam er zu dem Schluß, daß er keine Treue für sie bewahren, keine Liebe zu ihr hegen und keine Hoffnung auf sie setzen könne. Aus diesen Gründen fing sie nach wenigen Tagen an, ihm so verhaßt und widerwärtig zu werden, daß er ihr nicht nur die gewohnten Liebkosungen entzog, sondern nur ungern mit ihr sprach und es nicht über sich bringen konnte, sie anzusehen. Damit nicht genug, ließ er bei jedem kleinen Anlaß den Stock auf ihrem Rücken tanzen, und zwar so kräftig wie ein Galeerenvogt. Als sich die gute Frau in dieser schlimmen Lage sah, weinte sie, von zu später Reue erfaßt, über dieses elende Leben und ihre niederträchtige Handlungsweise und wünschte sich als ihren einzigen Trost den Tod, den sie diesem Leben vorgezogen hätte, und sie würde ihn mit der größten Freude empfangen haben.

Als der arme Nicolao von Mazarra zurückgekehrt war und die schlimme und so schimpfliche Kunde erfahren hatte, war sein Schmerz und sein Jammer, wie sich jeder denken kann, groß: Er war so rasend, daß er mehrmals nahe daran war, sich die Brust mit einem Messer zu durchbohren, erkannte er doch, daß das Leben unter dem Druck einer solchen Last für ihn schlimmer als der Tod sein würde. Doch nachdem er seinem Schmerz eine Weile freien Lauf gelassen hatte, bedachte er, daß sein vortrefflicher Ruf gar sehr darunter leiden würde, wenn es hieße, daß er sich aus Kleinmut selbst ums Leben gebracht habe, und so beschloß er, mannhaft dort sein Leben aufs Spiel zu setzen, wo er bereits seine Ehre und einen großen Teil seiner Habe verloren hatte. Und durch den Gedanken an die Gerechtigkeit seines Unternehmens noch beherzter gemacht, berief er heimlich, ohne den Rat eines Freundes oder Verwandten einzuholen, an die zehn mutige kräftige junge Leute, rüstete nachts ein leichtes Raubschiff aus und nahm mit seinen teuren Gefährten Kurs auf die Berberei.

Nach wenigen Tagen erreichte er das Ziel, das er sich vorgenommen hatte, zog das Fahrzeug an einem ungefähr zehn Meilen von Tripolis entfernten Strand auf Land und bedeckte es mit Seegras, an dem das Land außerordentlich reich ist. Seinen Gefährten sagte er, sie sollten sich im Innern ihres Rennschiffes verbergen und niemals zum Vorschein kommen, außer wenn sich Gelegenheit böte, große Beute zu machen, sie sollten acht Tage auf ihn warten, aber nicht länger, und wenn er innerhalb dieser Zeit nicht zurückkehre, als sicher annehmen, daß er tot oder gefangen sei. Vorher hatte er sich den Bart wachsen lassen und sich von Kopf bis Fuß in maurische Gewänder gehüllt. Nachdem er seine Weisungen erteilt hatte, schied er, vom Gedanken an seine grausame Rache erfüllt und im Vertrauen auf seine treffliche Kenntnis der Landessprache, von seinen Gefährten, indem er sich Gott befahl. Da er das Land und die Verhältnisse der Stadt Tripolis genau kannte, begab er sich zu einem Fluß ganz nah bei der Stadt, wo viele Frauen das Leinenzeug wuschen, denn er vermutete, daß die junge Türkin, von der er sich geliebt glaubte, sich dort einfinden müsse, um Wasser zu holen, oder um anderer häuslicher Verrichtung willen. Das Schicksal, das ihm Rache und Ersatz für den erlittenen Schaden gewähren wollte, fügte es, daß er sie im Augenblick seines Eintreffens erblickte, als sie sich gerade mit dem gefüllten Wassergefäß auf den Heimweg machte. Er beflügelte daher seinen Schritt, holte sie ein und sagte mit Tränen in den Augen zu ihr: »Lucia, ist es möglich, daß die große Liebe, die ich dir so viele Jahre entgegengebracht habe und die mich dich wie meine eigene Tochter hat aufziehen lassen, in deinem Herzen nicht soviel Widerhall gefunden hat, um dich abzuhalten, mich gleichfalls zu betrügen?«

Lucia wandte sich um, erkannte ihren innig und mit vollem Recht geliebten Herrn an der Stimme und am Gesicht und fiel ihm, von größter Rührung ergriffen, weinend um den Hals, indem sie ihn um Verzeihung bat und ihm versicherte, daß seine Gattin sie unter betrügerischen Vorspiegelungen hierher gebracht habe. Als sie aber ihrer Rede unnötigerweise freien Lauf lassen wollte, fürchtete Nicolao, dem der Ort dafür nicht passend schien, für die Ausführung seines blutigen Vorhabens kostbare Zeit zu verlieren, und beschloß, die zuerst Betrogene als schlauer Mann zu seiner Botin zu machen. Nachdem er von ihr kurz erfahren hatte, was für ein elendes Leben seine Gattin führen mußte, bat er sie inständig, bei ihr die Wortführerin für ihn zu machen und sie zu bitten, sie möchte sich doch seiner, der sie so sehr geliebt habe und noch liebe, sowie ihrer Kinder und ihrer eigenen Ehre erinnern; die Kunde von ihrem Unglück und ihrer traurigen Lage sei bis nach Trapani gedrungen, und er sei gekommen, um sein Leben für ihre Befreiung zu wagen, auch wolle er ihr nicht nur den begangenen Fehltritt vergeben, sondern sie beständig und mehr denn je als die Herrin seines Lebens und Vermögens ansehen. Diese und viele andere verlockende Versprechungen und Schmeicheleien, die ein Herz von Marmor zu erweichen vermocht hätten, sollte sie ihr sagen.

Von den Worten ihres geliebten Herrn angespornt und von Mitleid mit ihm besiegt, wußte die freundliche Sklavin keine andere Antwort zu geben, als daß er sich am anderen Tag am gleichen Ort wieder einfinden und im übrigen sie sorgen lassen solle. Damit verließ sie ihn, und als sie zu Hause angekommen war, erzählte sie unter bitteren Tränen ihrer Herrin, wie und aus welchem Grund ihr Mann nach Tripolis gekommen sei, berichtete ihr ausführlich, was er zu ihr gesagt hatte, und fügte hinzu, wenn sie in dieser Angelegenheit den Rat ihrer armen Sklavin befolgen wolle, so wäre es, obgleich ihr Mann sie sicherlich hintergehe, ihrer Meinung nach besser, wenn sie einmal von der Hand eines Christen sterbe, der noch dazu ihr Gatte und Herr sei, als daß sie hier täglich hundertfachen Tod erleide durch einen Mauren, der ihr Knecht und Sklave gewesen sei. Und sie sprach mit liebreichen Worten so tröstlich auf sie ein, daß sie, ohne sich die Antwort lange zu überlegen, genauso wie sie sich damals leichtsinnig und unvernünftig, nur von ihrer Geilheit getrieben, zu einer so ungeheuerlichen Tat hatte verleiten lassen, jetzt ohne zu bedenken, wie sehr sie Strafe verdiente, der Sklavin erwiderte, sie sei bereit, sich in alles zu schicken, was ihr Gatte wolle. Nachdem sie dann zusammen verschiedene weibliche Listen erwogen hatten, beschlossen sie, Nicolao in der nächsten Nacht heimlich ins Haus kommen zu lassen und das auszuführen, was er verlangen würde.

Am folgenden Tag ging Lucia zur verabredeten Zeit zum Wasserholen, fand an dem obengenannten Ort ihren Herrn und sagte voller Freude zu ihm: »Deine Frau ist bereit, alles zu tun, was du willst, und mit dir zu kommen, wie und wann du befiehlst; ihr und mir erscheint es daher, damit niemand dich erkennt, geraten, daß du mir folgst und hinter mir ins Haus trittst. Wir werden dich an einem sicheren Ort verbergen und gut aufpassen, und wenn uns der richtige Augenblick gekommen scheint, können wir dann deinen und unseren Willen ausführen.«

Nicolao vertraute Lucias Worten unbedingt, und da er außerdem sah, daß ihm kein anderer Weg zur Ausführung seines Plans offenstand, folgte er ihr von ferne, gelangte, ohne daß er von irgend jemand gesehen oder gehört worden wäre, in das Haus des Mauren und wurde von Lucia an einen dunklen, zur Aufbewahrung von Holz dienenden Ort verborgen, an den kein anderer außer ihr kam. Dort mußte sie ihn notgedrungen etwa sechs Tage eingeschlossen halten, da Elia infolge eines gewissen religiösen Festes, das die Mauren feierten, jede Nacht mit vielen Genossen im Hause durchjubelt hatte. Also hatte Nicolao die ganze Zeit in dieser dunklen Kammer verbracht, bald von seiner Frau, bald von Lucia besucht und mit Nahrung versehen.

Als die Festlichkeiten vorbei waren, und Elia ohne irgendeinen Gefährten allein zu Hause und nach dem Essen in einen so tiefen Schlaf gefallen war, daß ihn selbst der Donner nicht aufgeweckt hätte, ließ die Frau, die nicht wußte, was ihr Gatte zu tun beabsichtigte, außer sie und die Magd zu entführen, ihn in die Schlafkammer rufen, in welcher der Maure so fest schlief.

Nicolao, der sah, daß sich alles so anließ, wie er es gewünscht hatte, und daß er keine Zeit mehr verlieren durfte, sagte zu seiner Frau, sie solle schleunigst das Geld und die Kostbarkeiten, die man fortschaffen könne, an sich nehmen; denn er wolle sofort aufbrechen. Daraufhin ging sie eingermaßen verwirrt zu den Truhen und öffnete bald die eine, bald die andere, während Nicolao unterdessen die Zeit wahrnahm, sich leise der Lagerstätte des Mauren näherte, ein Messer zur Hand nahm, das er zu diesem Zweck mitgebracht hatte, und dem Schlafenden geschickt, ohne das geringste Geräusch zu machen, die Adern des Halses durchschnitt. Darauf ließ er den Mauren liegen und wandte sich seiner Frau zu, die über den Rand einer geöffneten Truhe gebückt stand und einige Kleinodien suchte, die sie an dem Mauren gesehen hatte. Er ergriff den Deckel mit beiden Händen, ließ ihn mit Wucht auf den Hals der Gattin fallen und drückte so fest darauf, daß er sie, ohne daß sie Zeit hatte oweh! zu rufen, vom Leben zum Tod brachte.

Nachdem dies geschehen war, nahm er einige Beutel voll Dublonen, kostbare Juwelen und andere wertvolle kleine Sachen, wickelte sie zusammen und legte sie Lucia in den Schoß, die entsetzt über die beiden Morde, deren Zeugin sie gewesen war, für ihr Leben fürchtend in einer

Ecke saß, und sagte zu ihr: »Liebe Tochter, mein sehnlicher Wunsch ist nun erfüllt, und es bleibt mir nichts weiter zu tun, als mich zu meinen Genossen zu begeben, für die in dieser Nacht die Zeit abläuft, die sie auf mich warten müssen. Dich aber will ich zu meiner eigenen Befriedigung sowohl wie zur Vergeltung des großen Dienstes, den du mir geleistet hast, mitnehmen; und du selbst wirst dabei einsehn, daß mir das Laster des Undanks fremd ist.«

Als Lucia diese Worte vernahm, die so ganz im Widerspruch zu ihren letzten angstvollen Gedanken standen, war sie über die Maßen froh und erklärte sich mit Freuden bereit, alles zu tun, was er begehren würde. So verließen sie denn leise das Haus, und als sie das Tor der Stadt erreicht und mit einigen Dietrichen, die Nicolao zu diesem Zweck bei sich trug, geöffnet hatten, beschleunigten sie nach Möglickeit ihren Schritt und langten bald an dem Ort an, wo er seine Gefährten zurückgelassen hatte. Diese hatten, an seiner Rückkehr verzweifelnd, in diesem selben Augenblick bereits ihr Fahrzeug zu Wasser gelassen und rüsteten zur Abfahrt.

Nun war die Freude um so größer; ohne sich weiter aufzuhalten, schifften sie sich alle ein und erreichten bei günstigem Meer und Wind in sehr kurzer Zeit hocherfreut Trapani. Als man seine Ankunft erfuhr und vernahm, was Nicolao, um sich an dem Mohren zu rächen und sein Weib zu strafen, unternommen hatte, herrschte allgemeine Freude, und jedermann spendete ihm immer wieder großes Lob. Er aber nahm Lucia, um nicht undankbar für die von ihr empfangenen Wohltaten zu erscheinen, zur Frau, liebte sie stets aufs innigste und hielt sie Zeit seines Lebens in Ehren.

Eine Witwe verliebt sich in ihren Sohn und läßt sich von ihm mit Hilfe einer betrügerischen List fleischlich erkennen. Nachdem sie schwanger geworden, entdeckt sie dem Sohne auf Umwegen die Wahrheit. Dieser verläßt sie empört und geht außer Landes. Die Sache wird ruchbar, und die Mutter nach der Niederkunft von dem Podestà verbrannt.

*

Als in diesen Tagen aus Palermo ein edler Bürger zurückkehrte, der durchaus glaubwürdig ist, erzählte er mir und mehreren anderen als eine verbürgte Tatsache, daß im jüngstvergangenen Jahr der Lebenslauf eines palermitanischen Edelmannes sein natürliches Ende fand, der einen ungefähr dreiundzwanzigjährigen Sohn namens Pino im größten Wohlstand zurückließ, einen Jüngling, der schön und wohlgesittet war wie ein Mädchen. Obwohl seine Mutter noch sehr jung und von wunderbarer Schönheit war und über eine große Mitgift verfügte, beschloß und erklärte sie infolge der außerordentlichen Liebe, die sie zu ihrem Sohn hegte, sie wolle sich nicht wieder verheiraten, wenn er ihr Gehorsam und gutes Verhalten zeige. Dieser Entschluß trug ihr das Lob vieler ein, und dem Sohn war es sehr lieb, und um ihr keinen Anlaß zu geben, ihren Entschluß umzustoßen, betrug er sich ihr gegenüber beständig so liebevoll und folgsam, wie noch nie ein Sohn, weshalb seine Mutter über die Maßen zufrieden mit ihm war und eine immer größere Liebe zu ihm faßte.

Wie nun die Dinge also standen, geschah es, daß die Mutter, die die trefflichen Eigenschaften, den Anstand und die Schönheit ihres Sohnes bedachte, von heißem geschlechtlichem Verlangen befallen und besiegt, sich so grenzenlos in ihn verliebte, daß sie fleischlich von ihm erkannt werden wollte und kein noch so triftiger Grund, den sie selbst sich entgegenhielt, etwas dagegen auszurichten vermochte, sie sich vielmehr beständig den Kopf zerbrach, wie sie ihr ruchloses Vorhaben verwirklichen könne. Und da sie überzeugt war, daß sie niemals mit

Willen ihres Sohnes ihr Ziel erreichen würde, kam ihr der Gedanke, ihn mit einer listigen Täuschung in ihren giftigen Schlingen zu fangen. Da sie nämlich heimlich in Erfahrung gebracht hatte, daß ihr Sohn, obgleich er die Ehrbarkeit selbst war, sich heftig in ein Mädchen aus der Nachbarschaft, die Tochter einer einfachen, ziemlich armen Witwe, mit der sie aber sehr befreundet war, verliebt hatte, glaubte sie auf diesem Weg ihr ersehntes Ziel zu erreichen. Sie rief also eines Tages die gute Frau zu sich und sagte zu ihr: »Liebe Garita, als Mutter vermagst du leicht einzusehen, wie groß die Liebe ist, welche die Mütter zu ihren Kindern hegen müssen, ganz besonders zu denen, die durch ihre Tugenden die lobenswerte natürliche Liebe noch wachsen und größer werden lassen, wie mein überaus tugendhafter Sohn, dessen wohlgesittetes und lobenswertes Verhalten mich zwingt, ihn mehr als mein eigenes Leben zu lieben. Wie ich nun insgeheim erfahren habe, ist er so heftig in deine Tochter verliebt, daß ich fürchte, ihre Ehrbarkeit und das Übermaß seiner Liebe könnten ihn zu einem Entschluß bringen, der ihm eines Tages zum Verderben gereicht. Da du andererseits so innig mit mir befreundet bist und ich weiß, daß du deine Ehre und deinen guten Ruf stets bewahrt hast, würde ich nie und nimmer wagen, etwas von dir zu verlangen, was dir zur Unehre gereichen könnte, vielmehr will ich zur Erhaltung deiner Ehre, da ich weiß, daß du bedürftig bist, nicht allein mit allen meinen Gedanken tätig sein, sondern dich auch an meinem Vermögen teilnehmen lassen, damit du das Gefühl habest, von mir genau so behandelt zu werden, als ob du meine eigene Mutter seiest. Allerdings ist mir ein Gedanke gekommen, durch dessen Verwirklichung wir gleichzeitig meinen teuren Sohn befriedigen und deiner Tochter und deiner eigenen Ehre nicht den geringsten Abbruch tun: ich möchte nämlich, daß du auf geschickte Weise mit meinem Sohn verabredetest, ihm für einen bestimmten Preis die Jungfernschaft deiner Tochter hinzugeben, und wenn ihr dann alles abgemacht hättet, würde ich selbst mit meiner Magd, die, wie du weißt, deiner Tochter im Alter und an Schönheit ziemlich gleich ist, in dein Haus kommen, und wir würden sie im Dunkeln in eine

Kammer setzen, damit sie meinen Pino im Bett empfange; so wird es für ihn dasselbe sein, als ob er deine eigene Tochter besessen hätte. Du brauchst nicht zu befürchten, daß jemals etwas davon bekannt werde, übertrifft er doch an Verschwiegenheit und Ehrbarkeit jeden andern Jüngling dieser Stadt. Gesetzt aber den Fall, die Sache würde durch irgendeinen anderen Zufall ruchbar, so verspreche ich dir, sofort bekanntzugeben, wie die Sachen in Wirklichkeit liegen. So werde ich nicht Gefahr laufen, meinen Sohn wegen einer übergroßen Liebe zu verlieren, und du wirst die Mitgift für das Mädchen gewonnen haben, die ich dir gleich jetzt überweisen will, und dein unberührter Ruf wird in keiner Hinsicht befleckt sein. Pino aber wollen wir so lange auf dieser Weide lassen, bis wir für das Mädchen einen schönen Gatten gefunden, oder bis er eine Frau nimmt; dann wollen wir ihn von der Täuschung in Kenntnis setzen und uns alle zusammen aufs herzlichste über das Gelingen freuen und es feiern.«

Garita glaubte den Worten der Witwe und dem Vorschlag, den sie ihr auf so heuchlerische Weise mundgerecht zu machen wußte, ohne weiteres und erkannte den nicht geringen Nutzen, der sich für sie bei vollkommener Wahrung der Ehre ihrer Tochter ergab, also entschloß sie sich, von ihrer großen Armut und von dem Bewußtsein, ihrer lieben Freundin einen Gefallen zu tun, veranlaßt, ihr den Wunsch zu erfüllen, und antwortete ihr mit heiterer Miene, sie wolle unter den vorgenannten Bedingungen den Plan verwirklichen helfen.

Als sie die Witwe verlassen hatte und am anderen Tag Pino erblickte, der sittsam spazieren ging, um das junge Mädchen zu Gesicht zu bekommen, zog sie ihn mit großer Schlauheit in ein Gespräch, redete mit ihm über mancherlei Dinge und entlockte ihm schließlich das Geheimnis seiner verborgenen glühenden Leidenschaft. Danach begann das Verhandeln, und sie kamen überein, daß Pino ihr zweihundert Dukaten zur Mitgift für ihre Tochter geben, und er dafür die erste Blüte ihrer Jungfräulichkeit pflücken solle. Und um die Sache, wegen des doppelten Nutzens, den sie versprach, nicht in die Länge zu ziehen, beschlossen sie, bevor sie sich trennten, daß die Liebesschlacht in der nächstfolgenden Nacht geschlagen werden solle, und nachdem der Jüngling von der Mutter des Mädchens über die Vorsichtsmaßregeln unterrichtet worden war, die er beim Betreten ihres Hauses zu beobachten hätte, schieden sie voneinander.

Garita begab sich hierauf fröhlich zu Pinos Mutter und berichtete ihr, was sie, um ihr zu dienen, mit dem Sohn besprochen und verabredet hatte, worauf diese sie, über die Maßen zufrieden, hundertmal umarmte und küßte. Nachdem die beiden Frauen die Art und Weise der Durchführung ihres Planes besprochen hatten, füllte Pinos Mutter Garita die Hände mit Geld, um sie zufrieden heimkehren zu lassen, worauf diese sich sehr erfreut verabschiedete.

Als die zwischen ihnen verabredete Stunde gekommen war, begaben sich die Witwe und ihre Magd auf verborgenen Wegen in das Haus Garitas, die sie in eine zu diesem Zweck hergerichtete Kammer führte und dort allein ließ. Die Frau ließ darauf die Magd in einer anderen Kammer sich verbergen, legte sich selbst in das bereitstehende Bett und erwartete mit heißer Sehnsucht ihren leiblichen Sohn zur Liebesschlacht.

Hah! grausames schurkisches Weib, hah! geile Sau, hah! unmenschliches reißendes Tier! welch anderer teuflischer weiblicher Geist, welch andere verrückte Verwegenheit, wenn nicht diese, hätte es gewagt, einen so verabscheuungswürdigen und so ungeheuerlichen Inzest auch nur auszusinnen, geschweige denn zu begehen? O göttliche Gerechtigkeit, warte nicht darauf, daß ein so schweres und so fluchwürdiges Verbrechen von weltlichen Richtern bestraft werde, – sende sofort, sobald das böse Weib sich anschickt, die Tat zu begehen, deinen mehr als gerechten Zorn auf sie hernieder und mach', daß die Erde sie lebendig verschlingt!

Pino trat, als es ihm an der Zeit dünkte, ohne den geringsten Verdacht in Garitas Haus, wo er von ihr freundlich empfangen und wie ein Blinder im Dunkeln in die bewußte Kammer geführt wurde. Nachdem er sich, in der Überzeugung das geliebte Mädchen in derjenigen zu finden, deren Anwesenheit im Bett er merkte, ausgezogen und an ihre Seite gelegt hatte, begann er sie mit süßen Küßen zu bedecken. Als er aber weitergehen wollte, leistete sie gelinden Widerstand, und indem sie sich mit großer List so stellte, als lasse sie sich Gewalt antun, machte sie ihn glauben, daß er derjenigen wirklich ihre Jungfräulichkeit geraubt habe, die doch die seine verschlungen hatte; denn mit Hilfe wirksamer Pulver, Dämpfe und Bäder hatte sie den ausgetretenen Weg so eng gemacht, daß nicht nur der unerfahrene Jüngling, sondern auch die meisten in dieser Kunst Erfahrenen, ihn nicht als begangen erkannt hätten.

Obgleich der Jüngling sich in derlei nächtlichen Scharmützeln noch nicht geübt hatte, kann man sich doch vorstellen, daß er, im Glauben nicht sein eigenes, sondern fremdes Ackerland zu pflügen, von der Lust übermannt, nicht einen einzigen Augenblick ungenützt verstreichen lassen konnte.

Als dann der Tag zu grauen begann, schaffte Garita, wie sie es mit seiner Mutter verabredet hatte, Pino unter irgendeinem Vorwand heimlich aus dem Haus, während auf der anderen Seite die Mutter und die Magd sich auf verborgenen Wegen ebenfalls davonmachten. Damit aber dieses Mal nicht zugleich das erste und letzte sei, wurde dieser Verkehr fast jede Nacht unter Anwendung immer neuer Listen fortgesetzt, ohne daß Garita je dahinterkam, daß jemand anderes als die Magd von ihm beschlafen wurde.

Während nun jeder, freilich aus verschiedenen Gründen, von diesem Liebesspiel befriedigt war, geschah es, daß das verbrecherische Weib schwanger wurde, was sie über die Maßen betrübte. Welche peinigenden Gedanken, welche seelische Unruhe, welcher Schmerz sich ihrer bemächtigte und wie elend ihr Leben war, als all die unendlichen vielen Mittel, die sie anwandte, um es nicht bis zur Geburt kommen zu lassen, fruchtlos blieben und sie erkannte, daß die Sache so weit gediehen sei, daß sie sich ihrem Sohn nicht mehr verbergen konnte, – das zu schildern ist überflüssig. Doch von ihrer großen Verwegenheit bewogen und so sehr von sich und ihrer gewinnenden Rede überzeugt, daß sie glaubte, sie werde ihren Sohn dahin bringen, freiwillig zu tun, was er unter Anwendung der größten List ja schon getan hatte, beschloß sie, ihm selbst alles zu offenbaren. Sie rief ihn daher eines Tages heimlich zu sich in die Kammer und begann mit gedämpfter Stimme folgendermaßen zu ihm zu sprechen: »Mein lieber Sohn, wenn je eine Mutter ihren Sohn über alles liebte, so bin ich, wie du dir selbst bezeugen kannst, diejenige, die dich weit mehr als ihr eigenes Leben geliebt hat und liebt. Und diese Liebe ist derart gewesen und hat eine solche Gewalt gehabt, daß sie mich, die ich jung und reich bin, abgehalten hat, mich wieder zu verheiraten und meine Person samt deinem Vermögen in fremde Hände gelangen zu lassen. Und obwohl ich, wie jede Frau, von natürlichem wollüstigem Verlangen gepeinigt wurde, habe ich es doch nicht heimlich, wie so viele es tun, mit anderen stillen wollen, denn mir lag einzig daran, deine und meine Ehre zu bewahren. Da ich außerdem hörte, daß du von leidenschaftlicher Liebe zu der jungen Tochter unserer Nachbarin ergriffen seist, die Nachbarin aber lieber sterben wollte, als die Ehre ihrer Tochter beflecken zu lassen, ich überdies wußte, zu welchem Unglück und Elend die Verzweiflung Liebende zu führen pflegt, beschloß ich als zärtlich für dein Leben besorgte Mutter, durch einen und denselben Schritt all diesen Mängeln abzuhelfen und nur die menschlichen, von früheren Richtern mehr künstlicher – und abergläubischer – als berechtigterweise verfertigten Gesetze verletzend, deine und meine blühende Jugend heimlich zu genießen. Jenes junge Mädchen also, das dir in der Kammer unserer Garita soviel Lust bereitet hat, bin ich gewesen, und die Sache ist schließlich dahin gekommen, daß ich von unserem Verkehr schwanger bin.«

Als sie aber einen leidenschaftlicheren Ton anschlagen wollte, um weiterhin ihrem verbrecherischen Verlangen zu frönen, war der tugendhafte Sohn, der über die Maßen entrüstet und erzürnt war über das Ungeheuerliche der Tat und meinte, daß der Himmel über ihm zusammenstürze und die Erde unter seinen Füßen wiche, von einem nie gekannten Zorn und Schmerz übermannt, nahe daran, ihr ein Messer mitten ins Herz zu stoßen; doch zügelte er sich ein wenig, da er nicht freiwillig der Mörder seiner Mutter sein und die nicht mitschuldige, in dem giftigen Kerker eingeschlossene Frucht töten wollte, und beschloß, die Sache dem zu überlassen, dem sie zukam, und nachdem er die ruchlose Mutter mit den schrecklichen und verachtungsvollen Worten, die ihm angesichts einer solchen Tat zu Gebote standen, vernichtend gestraft hatte, verließ er sie. Sogleich packte er dann sein Geld und seine Kostbarkeiten, ordnete seine Angelegenheiten so gut es gehen wollte, erwartete die Galeeren, die auf dem Weg nach Flandern in Palermo anlegen mußten, und als sie binnen kurzem erschienen, schiffte er sich darauf ein.

Die Kunde von dem Greuel begann sich in der Stadt zu verbreiten und gelangte schließlich dem Podestà zu Ohren, der das böse Weib ergreifen ließ, das ohne lange Folter bekannte, wie die Sache gegangen war. Er ließ sie bis zu ihrer Niederkunft in ein Frauenkloster sperren und sorgfältig überwachen, und als die Zeit gekommen war und sie ein männliches Kind geboren hatte, wurde sie auf dem Markt, wie sie es verdiente, mit großem Schimpf verbrannt.

EINE VORSICHTIGE LIEBHABERIN

Eine Dame, die sich in einen hübschen Jüngling verliebt hat, läßt ihn sich durch einen Verwandten mit verbundenen Augen in ihre Schlafkammer bringen, genießt mit ihm eine Nacht und gibt ihm an, wann und wie er zu ihr zurückkehren solle. Der Jüngling zieht einen Freund ins Vertrauen, die Dame hört davon und schickt nie wieder nach ihm.

*

Zur Zeit, da der Bußprediger aus Pistoja* unser Königreich durchwanderte und so viele Wunder tat, geschah in der Stadt Neapel die nachstehend erzählte merkwürdige und wahre Geschichte.

Es war eines Samstag abends im Monat März, da die jungen Leute scharenweise in die Karmeliterkirche gehen, da kam einer Gruppe reizender Frauen, die sich ihrer Meinung nach den Ablaß verdient hatten, der Wunsch, auf einem Umweg außerhalb der Stadt nach Hause zurückzukehren; und als sie jene Straße erreicht hatten, die querfeldein zu den Sümpfen führt, stießen sie auf eine Gesellschaft von Jünglingen, die ebenso durch ihre Schönheit wie durch ihren Adel hervorragten und sich zu ihrem Vergnügen und zur Übung mit dem Maillespiel** beschäftigten. Dabei fielen die Blicke einer der genannten Damen, die sehr schön und klug war, auf einen jener Jünglinge, der in einem Wams aus grünem Damast dastand, und er gefiel ihr so sehr, daß ihr ganz schwarz vor Augen wurde. Doch unterdrückte sie mit Hilfe ihrer Klugheit einigermaßen ihre Sinnlichkeit und kehrte, ohne sich durch das geringste Zeichen zu verraten, das Herz voll glühender Liebe zu dem schönen Jüngling, mit den anderen Frauen nach Hause zurück. Nun begann sie eine Menge Mittel und Wege zu überlegen, wie sie ihre Liebe zum gewünschten Ziel führen könne; doch obwohl Amor die Herrschaft über ihr Herz gewonnen hatte, war sie doch nicht so sehr von ihrer Leidenschaft verblendet, daß sie nicht erkannt hätte, daß, so

* il Pistolese, einer der vielen Bußprediger, die das Land durchzogen.
** Ballspiel, krocket-ähnlich, mit Schlägern und Toren.

geheim auch ein Liebeshandel angelegt sei, er selten lange Zeit verborgen gehalten werden könne, wenn man die Liebesleidenschaft befriedigen wolle; gibt es doch niemand auf der Welt, der nicht einen vertrauten Freund hätte, dem er alle seine guten und bösen Erlebnisse mitteilt, und dieser hat seinerseits einen, vor dem er keine Geheimnisse verbirgt, so daß durch das Wandern des Geheimnisses von Mund zu Mund sehr oft das kurze Glück der Liebenden durch langes Unglück endet.

Dies veranlaßte sie zu dem Entschluß, entweder ihrer Liebe durch ein außergewöhnliches Mittel zur Erfüllung zu verhelfen oder sie gänzlich zu unterdrücken, auch wenn die Macht ihres Verlangens sie überwältigt und zum Tod geführt hätte. Und um ihre Absicht schnell auszuführen, entdeckte sie einem Verwandten, dem sie vertrauen konnte, ihre Liebe und forderte ihn in kurzen Worten auf, das zu tun, was sie ihm gesagt hatte.

Dieser, der gewohnt war, ihr zu gehorchen, ging eilig hin, zog sich einen Sack an, wie ihn die Geißlerbrüderschaften zu tragen pflegen, begab sich auf die Suche nach dem Jüngling und als er ihn in einiger Entfernung von seinen Genossen fand, nahm er ihn beiseite und sagte zu ihm mit einem Stückchen Rohr im Mund, um seine Stimme zu verändern: »Bruder, wenn dir um deinen eigenen Vorteil zu tun ist, so laß dich heute abend zwischen der ersten und der zweiten Stunde in San Giovanni Maggiore treffen« – womit er seines Weges ging.

Diese Aufforderung verwirrte den Jüngling nicht wenig; er überlegte hin und her, was wohl dahinterstecken möchte, nahm aber schließlich an, daß die Sache von großer Wichtigkeit sei, und da er als mutiger und kräftiger junger Mann voll Selbstvertrauen war und überdies keinen Anlaß zur Besorgnis hatte, der Fremdling möchte ihm an jenem heiligen Ort ein Leid zufügen wollen, nahm er sich vor, ohne die Begleitung eines seiner Freunde zu erbitten, hinzugehen und sein Glück zu versuchen.

Als es ihm an der Zeit dünkte, begab er sich, mit guten Waffen versehen, mutig an den verabredeten Ort. Dort angekommen, sah er den Verwandten der Dame auf sich zukommen, diesmal nicht mit dem Sack angetan, doch so verkleidet, daß niemand ihn hätte erkennen können. Er

begrüßte ihn freundlich, und mit leiser Stimme, damit er ihn nicht an der Sprache erkenne, sagte er zu ihm: »Lieber Freund, mir scheint, daß ein gütiges Geschick sich dir mit höchster Gunst zu deinem ewigen Glück und gegenwärtiger wie künftiger Zufriedenheit darbietet, wenn du klug bist und es froh empfängst. Die Sache liegt nämlich so, daß eine junge, über die Maßen schöne und reiche Dame sich so heftig in dich verliebt hat, daß sie sich ganz vor Sehnsucht nach dir verzehrt, und sie hat den festen Entschluß gefaßt, daß du allein vor jedem anderen dich ihrer Person und ihres Vermögens erfreuen sollst; doch will sie, um einige Tage mit dir die Probe zu machen, ob du in dieser Sache Stillschweigen zu bewahren vermagst, daß du in meiner Begleitung mit so verhülltem Kopf zu ihr kommst, daß du weder sie, noch das Haus und die Straße erkennen könnest. Wenn du dazu bereit bist, so wollen wir uns auf den Weg machen. Sollte dir aber zufällig ein so großes Glück, zu dem ein günstiges Geschick dich ohne dein mindestes Zutun beruft, nicht gefallen, so magst du in Gottes Namen wieder heimkehren; denn ich habe Befehl, dich auf keine andere Weise als die erwähnte an Ort und Stelle zu führen.«

Als der Jüngling verstanden hatte, was der andere meinte, schien es ihm allerdings hart und seltsam, daß er auf solche Art gewissermaßen wie ein Bock zur Schlachtbank geführt werden sollte; als er aber bei sich bedachte, daß eine Gefahr für seine Person nicht zu befürchten war, da jener es ihm ja freistellte, ob er mitgehen oder darauf verzichten wolle, und er überdies erwog, daß für ihn ein großer Vorteil dabei herauskommen könne, beschloß er, ohne weiter darüber nachzudenken, die Sache zu wagen, und antwortete jenem, er sei bereit, mit ihm zu gehen, wie und wohin es ihm gefalle.

Dieser nahm darauf einen dichten Schleier, verband ihm damit die Augen, zog ihm das Barett tief ins Gesicht, nahm ihn beim Arm und machte sich mit ihm auf den Weg, indem er bald diese Straße wählte, bald jene, ihn in mehrere Häuser hinein- und dann wieder hinausführte und ihn, als es ihm an der Zeit dünkte, endlich in das Haus der Dame brachte, wo er ihn verschiedene Treppen hinauf- und hinuntersteigen ließ und ihn zuletzt in die

Kammer schob, wo er mit großer Sehnsucht erwartet wurde, ihm dort den Schleier von den Augen nahm und die Tür hinter ihm abschloß.

Als der Jüngling die Augen öffnete, merkte er, daß er sich in einem dunklen Raum befand, in dem sich nichts erkennen ließ; aber was sich darin befand, duftete nach den lieblichsten Wohlgerüchen. Nachdem er ein Weilchen verwundert dagestanden hatte, fühlte er sich von einer Frau freundlich umschlungen und hörte sie leise sagen: »Willkommen, einziges Heil meines Lebens!« Ohne noch ein weiteres Wort zu sprechen, bedeutete sie ihm, daß er sich entkleiden solle. Er tat dies gern, und nachdem auch sie sich ausgezogen hatte, schlüpften sie ins Bett.

Da sie bei dieser Vereinigung keine Veranlassung zu Worten hatten, richteten sie ihre Taten so ein, daß es keinem von ihnen gestattet war, auch nur einen einzigen Augenblick müßig zu verharren. Als dann die Stunde nahte, da es der Dame an der Zeit schien, ihn aus dem Haus zu schaffen, nahm sie eine mit Goldflorinen gefüllte Börse, die sie zu diesem Zweck bereitgelegt hatte, küßte ihn aufs zärtlichste und sagte zu ihm mit leiser Stimme, damit er nicht erkenne, wer zu ihm spreche: »Meine süße Seele, nimm dies bißchen Geld nur zur Dekkung deiner gegenwärtigen Bedürfnisse, und was die künftigen betrifft, so laß die Sorge darum der, die du in den Armen hältst; sieh aber zu, daß du klug bist und daß deine Zunge, indem sie glaubt, meiner Ehre Abbruch zu tun, nicht deine dauernde Zufriedenheit schädige; denn wenn du es am wenigsten denkst, werde ich deine Augen sich an nicht geringer Lieblichkeit weiden lassen; inzwischen aber laß es dich nicht verdrießen, dich auf die gleiche Weise wie heute hierherzubegeben; denn immer, wenn ich in der Lage sein werde, dich zu empfangen, werde ich auf diese Weise nach dir schicken.«

Damit bedeckte sie ihn wieder mit Küssen, die er mit Innigkeit erwiderte, hieß ihn sich wieder anziehen, rief ihren lieben Verwandten, und nachdem dieser ihn wie zuvor verschleiert hatte, brachte er ihn auf vielen verschiedenen Wegen dorthin, wo er ihn am vergangenen Abend geholt hatte, ließ ihn dort allein und kehrte wieder nach Hause zurück.

Der Jüngling nahm sich den Schleier von den Augen und kehrte höchst zufrieden und sehr verwundert heim. Als er sich nun den Kopf zermarterte, wer wohl die Dame gewesen sein möchte, und nichts herausbringen konnte, kam er zu dem Schluß, daß er dieses Glück und die Frage, die ihn beschäftigte, seinem intimsten und zuverlässigsten Freund und Genossen nicht verheimlichen dürfe. Er schickte daher nach ihm und unterrichtete ihn ohne das geringste Bedenken von allem, was ihm begegnet war. Als dieser sich gemeinsam mit ihm über die Angelegenheit den Kopf zerbrochen hatte und doch auf keine Weise zu einem Ergebnis gelangen konnte, beschlossen sie, das Ganze der Sorge der Dame zu überlassen.

Als sich nun der Freund, der ein Hofmann war, eines Tages unter vielen Herren vom Hof befand und das Gespräch bald auf dies, bald auf das kam, erzählte er das Abenteuer seines Freundes genau, wie es sich zugetragen hatte, als etwas sehr Merkwürdiges und Wunderbares; nur gab er vor, es sei im Königreich Frankreich vorgefallen. Zufällig jedoch war der Verwandte zugegen, der, wie gesagt wurde, bei allem Mitwirkender und Mitwisser gewesen war. Dieser eilte sogleich zu der Dame und sagte ihr voll Betrübnis, was er gehört hatte.

Diese Kunde schmerzte sie über alle Maßen, und überzeugt, daß, wenn dieser Weg weiterverfolgt würde, unzweifelhaft ihre verborgene Liebe unter Zerstörung ihrer Ehre und ihres guten Rufes entdeckt werden müßte, faßte sie den Entschluß, daß die erste Liebeslust und der erste klingende Nutzen, den der Jüngling empfangen, auch seine endgültige Bezahlung sein solle.

Der schlechtberatene Jüngling, der nichts von diesen Vorgängen wußte und sich danach sehnte, zum Gärtnern auf das fruchtbare Wieslein zurückzukehren, wartete öfter vergeblich als die Juden auf den nicht kommenden Messias. Als er aber weder Zeichen noch Wirkungen von dessen Ankunft sah, merkte er zu spät, daß seine eigene Zunge die Ursache allen Unglücks gewesen sei. Und obwohl die Dame zu ihrem größten Schmerz verzichtete, kann man annehmen, daß sie als kluge Frau auf ebenso vorsichtige Weise ihr Verlangen mit einem anderen zu befriedigen wußte.

DIE RACHE DER VERLASSENEN

Ein von ihrem Liebhaber verlassenes Mädchen verkleidet sich als Mann und macht sich auf, den Geliebten zu töten. Sie wird von den Häschern des Vizekönigs aufgegriffen und bittet den Podestà, sie auf ihrem Rachezug zu begleiten. Er geht mit ihr, um Zeuge ihres Muts zu sein, erkennt ihre Mannhaftigkeit, benimmt sich ihr gegenüber mit der größten Höflichkeit und verläßt sie, nachdem die ursprüngliche Liebe wiederhergestellt ist.

*

Vorgestern wurde meinem durchlauchtigsten Herrn Fürsten folgende verbürgt wahre Geschichte erzählt: Es lebte in unseren Tagen in Neapel ein junger Kaufmann aus guter und angesehener Familie, der sehr wohlgesittet und mit den Gütern, die das Schicksal gibt und nimmt, hinlänglich begabt war. Dieser hatte lange Zeit in größter Glückseligkeit mit einem anmutigen, wunderschönen Mädchen der Liebe genossen, wurde von ihr über alles geliebt und liebte sie ebenfalls auf das innigste, und beide, durch das gleiche Verlangen verbunden, kannten kein höheres Glück als diese ihre Liebe.

Da aber die Dinge, die man ohne Schwierigkeit und Kampf und in reicher Fülle besitzt, meistens zum Überdruß zu werden pflegen, geschah es, daß der Jüngling, sei es, daß er Lust hatte, sich eine neue Jagdbeute zu suchen, sei es, daß etwas anderes der Grund gewesen, ohne dem geliebten Mädchen gegenüber das geringste verlauten zu lassen, sich zurückzuziehen begann und schließlich nicht mehr zu ihr ging, noch zu ihr schickte.

Erstaunt über diese Veränderung, sandte das Mädchen mehrmals zu ihm und ließ ihm sagen, er möge doch zu ihr kommen oder ihr den Grund seines Zorns angeben; da sie aber weder eine gute noch eine böse Antwort von ihm erlangen konnte und nach gründlicher Selbstprüfung fand, daß sie nichts getan habe, was Unwillen hätte hervorrufen können, war sie fest davon überzeugt, daß die Ursache dieses Übels nur eine neue Liebe sein könne. Und da sie sich über diesen Punkt Klarheit verschaffen wollte, heftete sie ihm viele Späher an die Fersen, die noch nicht lange gesucht hatten, als sie herausfanden, daß die Dame sich in ihrer Vermutung nicht getäuscht hatte; denn er war in ein anderes Mädchen verliebt und hatte seine ganze Liebe auf sie vereinigt.

Nachdem sie sich derart vergewissert hatte, weinte sie bitterlich und verfiel in einen so heftigen Schmerz, daß sie sich ganz verzehrte; dann aber geriet sie ganz außer sich vor Zorn und Empörung und erkannte, daß ihre große Liebe sich in glühenden Haß verwandelt und wenn sie das Herz des Ungetreuen gehabt, sie es gerne mit den Zähnen zerrissen hätte.

Von dieser Leidenschaft ergriffen und übermannt, überlegte sie sich alle erdenklichen Mittel und Wege, ihn durch Dolch oder Gift ums Leben zu bringen; und da sie keins fand, das leicht ausführbar gewesen wäre, beschloß sie mit einem weit größeren Mut als man ihn bei einer Frau oder einem Mädchen erwartet hätte, den Mord selbst auszuführen. Alle Gelegenheiten des Hauses, in dem der Jüngling wohnte, waren ihr wohlvertraut, und sie wußte, daß er allein in einer Kammer schlief, die einem Gärtchen benachbart lag und an eine kleine, nicht hoch über der Hauptstraße gelegene Loggia stieß. Die ganze Nacht über pflegte er die auf die Loggia hinausgehende Tür offen zu lassen, damit die Kühle hereinkomme; denn es war Sommer. So beschloß sie denn unter allen Umständen, allein hinzugehen und Ehre und Leben in Gefahr zu bringen, um sich zu rächen und den hartherzigen und falschen Liebhaber mit ihren eigenen Händen zu töten.

An diesem Beschluß hielt sie fest, und da sie eine Strickleiter besaß, die ihr Liebhaber bei ihr zurückgelassen hatte, und die Kunst des Einhakens und Ersteigens derselben vollkommen verstand, verkleidete sie sich als Mann, versah sich mit den Requisiten eines nächtlichen Beutezugs und machte sich, als ihr die Stunde gekommen schien, mit einem vergifteten Messer bewaffnet auf den Weg. Während sie nun heimlich durch die kleinen Gassen schlich, als ob sie in dieser Kunst von Kindesbeinen an geübt gewesen wäre, wollte es ihr Unglück, oder sagen wir das Glück des Geliebten, daß sie, als sie gerade aus einer Straße in die andere einbiegen wollte, auf die Häscher des Vizekönigs* stieß. Sie war sich augenblicklich darüber klar, mit wem sie es zu tun hatte, und da sie sich so umringt sah, daß sie unmöglich fliehen oder sich mit Gewalt widersetzen konnte, kam ihr sogleich der Gedanke, den am wenigstens bedenklichen Entschluß zu fassen, den sie fassen konnte, und so fragte sie, zu denen gewandt, die im Begriff waren, Hand an sie zu legen, indem sie ihrer Stimme einen möglichst männlichen Klang gab, wo der Regent sei.

Einer von den Leuten antwortete, er sei ganz in der Nähe, worauf sie sehr beherzt sagte: »Wir wollen ihn aufsuchen, es handelt sich um eine Angelegenheit von größter Wichtigkeit.« In diesem Augenblicke erschien der Regent unter ihnen. Das Mädchen trat alsbald an ihn heran und bat ihn leise, er möchte die Häscher sich zurückziehen lassen; er tat es bereitwillig, worauf sie seine Hand ergriff und folgendermaßen zu ihm sprach: »Da dein guter Ruf mich mit der Untadligkeit deiner Tugenden bekannt gemacht hat, und ich weiß, daß keinerlei Ehrgeiz oder Sinnlichkeit sie zu beflecken vermöchte, und du überdies als echter Ritter dich der gerechten Klagen der Frauen annimmst, werde ich, die ich ein Weib und jung bin, nicht ablassen, dich zu bitten, daß du mich nicht allein die Rache, zu der ich ausgezogen bin, ausführen läßt, sondern ich beschwöre dich auch bei deiner Ritterehre, daß du dich entschließen mögest, mit mir zu kommen und mir deine Förderung angedeihen zu lassen, damit ich ohne weiteres Hindernis meinen Wunsch verwirklichen kann.«

Nach diesen Worten erzählte sie ihm alles, was bisher zwischen ihrem Liebhaber und ihr vorgefallen war, und was sie zu tun beabsichtigte, ganz genau, ohne mit irgend etwas hinterm Berg zu halten. Der Regent Olzina**, der beim Anhören ihrer Rede nicht nur erstaunt, sondern beinahe außer sich war, gewann die Überzeugung, daß

* la famiglia de la Vicaria; die Vicaria war der vizekönigliche Palast und die vizekönigliche Kanzlei in Neapel; ihr Leiter hieß reggente, was etwa dem vicario (Amtsvogt) oder dem podestà in der Toskana entsprach.

** Antonio Olzina, Reggente della Vicaria im Jahr 1468.

die Mannhaftigkeit des Mädchens sehr bewundernswert und von einem flammenden Zorn erzeugt sei; und obwohl er die junge Dame kannte, die ihm durch ihre Schönheit unter den anderen Frauen Parthenopes stets besonders aufgefallen war und sogar heiß von ihm geliebt wurde, beschloß er dennoch, von der Standhaftigkeit, der eigentlichen Tugend eines echten Ritters, im Zaum gehalten und durch die Bitte und Beschwörung des Mädchens bestärkt, sich selbst besiegend, jeden wollüstigen Gedanken zu verscheuchen und gleichzeitig dem Mädchen Genüge zu tun und den Liebhaber vor dem Untergang zu bewahren.

Als er sah, daß sie schwieg, machte er mit vielen wohlgesetzten Worten den Versuch, sie zu besänftigen, um sie von ihrem grausamen Vorsatz abzubringen. Da er aber erkannte, daß sie fest auf ihrem Vorsatz beharrte, und da sie ihn außerdem bat, wenn er ihr Vorhaben nicht fördern wolle, ihr doch wenigstens kein Hindernis in den Weg zu legen, entschloß er sich, den äußersten Beweis ihres Mutes und Geistes als Zeuge mitanzusehen. Er befahl daher seinen Leuten, auf ihn zu warten, und schlug mit dem Mädchen die Richtung nach dem Haus des Liebhabers ein.

Am Fuß der kleinen Loggia angekommen, nahm das Mädchen die lange Stange, die es mitgebracht hatte, befestigte den eisernen Haken mit der Leiter daran, hakte ihn geschickt an der Brüstung der Loggia fest und stieg dann behend wie eine Katze empor. Der Regent, der jeden Augenblick neuen Anlaß zum Erstaunen fand, stieg, um sich zu vergewissern, was nun kommen würde, hinter ihr her, und als er bemerkte, daß sie mit dem Messer in der Hand dastand, um ihre unerbittliche Absicht auszuführen, und merkte, daß der Liebhaber in tiefem Schlaf lag, nichts sie also abgehalten hätte, ihren Plan zu vollbringen, wollte er keinen weiteren Beweis ihres Mutes und ihrer Entschlossenheit sehen, ergriff daher ihre Hand und sagte zu ihr: »Liebe Schwester, niemals, und wenn es mir als die verbürgteste Wahrheit erzählt worden wäre, hätte ich geglaubt, daß in einem weiblichen Geist so viel Mannhaftigkeit wohnen könne, wenn ich es nicht klar und deutlich mit eigenen Augen gesehen und unzweifelhaft erkannt hätte, daß dein höchstberechtigter Zorn dich dazu getrieben hat, mit deinen eigenen Händen dem, den du mehr als dein Leben geliebt hast, grausam den Tod geben zu wollen. Da ich jedoch, wie du weißt, in dieser Stadt der Bestrafer der Verbrechen bin, gestattet es mir kein schicklicher Grund, daß ich bei der Begehung eines solchen Mordes zugegen sei, davon abgesehen zweifle ich nicht, da ich dich in dieser Verkleidung und Ausrüstung angetroffen und fest entschlossen gesehen habe, diesen jungen Mann mit ruchloser und grausamer Hand im Schlafe zu ermorden, daß du dir vollkommen bewußt bist, daß du nach Recht und Gesetz dazu verurteilt bist, den Tod zu empfangen. Während ich ihn dir nun rechtmäßigerweise geben könnte, schenke ich dir aus billigen Erwägungen das Leben. Wer aber Gutes empfängt, der muß – das ist nur recht und schicklich – mit Gutem vergelten. Sei also bitte nicht geizig und gestehe mir zum Dank für die große von mir empfangene Wohltat das Leben deines Geliebten zu, das du, wie du mir selbst gestanden, mehr als dein eigenes geliebt hast. Denn ich will diesen Ort nicht eher verlassen, als bis ich die Sache so in Ordnung gebracht habe, daß eure Liebe nur durch den Tod getrennt wird.«

Obgleich das junge Mädchen ihres Zornes nicht Herr werden konnte, erkannte sie schließlich doch, daß sie nichts ausrichten konnte, und so schien es ihr, zumal sie sich andererseits durch die einleuchtenden Gründe, die er geltend machte, der ihr ja nach Recht und Gesetz das Leben oder zumindest die Ehre hätte nehmen können, beruhigen ließ, am besten, sich in das zu schicken, was der Regent sagte.

Dieser trat nunmehr in das Zimmer, in dem der Jüngling ahnungslos schlief, und weckte ihn auf, indem er ihn bei den Haaren zog. Als dieser nicht ohne Furcht und Erstaunen über seine eigenartige Lage zu sich kam, befahl ihm der Regent, das Licht anzuzünden, was er voller Angst auf das schnellste tat. Hierauf setzte ihm das Mädchen auseinander, weshalb sie gekommen seien, und tadelte mit einem Strom von verständigen Worten seine törichte Handlungsweise, worauf der Regent ihm befahl, daß er sie mit dem Gurt um den Hals um Gnade bitte, fortab sein Leben als ein Geschenk aus ihrer Hand ansehe und ihr verspreche, solange er lebe, ihr sie über alles liebender, unwandelbar treuer Liebhaber zu sein.

Er sah seinen Fehler ein und tat, was der Regent ihm befohlen, und nachdem er ihm den schuldigen Dank ausgesprochen hatte, den eine solche Gnade erforderte, kleidete er sich auf den Wunsch des Regenten und des Mädchens an, und beide gaben dem edelsinnigen jungen Fräulein bis zu ihrem Haus ehrenvoll das Geleit.

An der Haustür angelangt, dankte das Mädchen, zum Regenten gewandt, diesem mit wohlgesetzten Worten und forderte ihn auf, von ihr und dem Ihrigen Gebrauch zu machen wie ein intimer Freund und liebender Bruder; denn sie stände vollkommen zu seiner Verfügung, sei er doch nicht nur der Bewahrer ihrer Ehre, sondern auch ihres Lebens. Mit diesen und anderen herzlichen Worten verabschiedete sie ihn. Der Geliebte aber blieb bei ihr zurück, und nachdem sie den harten Krieg in süßen und heiteren Frieden verwandelt hatten und zur früheren Liebe zurückgekehrt waren, genossen sie, ohne sich je wieder der hinter ihnen liegenden Trübung ihres Verhältnisses zu erinnern, solange sie lebten, in Glück ihre Liebe.

DIE GEILE FRAU UND DER ZWERG

Ein provenzalischer Ritter liebt seine Frau über alles; diese läßt sich, von Geilheit übermannt, von einem Zwerg fleischlich erkennen. Eine zum Hause gehörige maurische Sklavin durchbohrt das Paar während der Umarmung mit einem Speer und der Gatte läßt es den wilden Tieren zum Fraß vorwerfen.

*

In der hochedlen Stadt Marseille lebte nicht lange nach dem Brand, den der göttliche Fürst, König Don Alfonso von Aragon glücklichen Angedenkens, über sie verhängt hatte, ein tapferer junger Ritter von erstaunlicher Schönheit und ausgezeichneter Tugend, namens Messire Pierre d'Orléans. Dieser hatte sich heftig in ein wunderschönes Mädchen namens Ambrosia, die Tochter eines großen Barons, der ein Landsmann von ihm war, verliebt, und diese Liebe hatte durch Vermittlung gemeinsamer Freunde zur Heirat geführt. Als der junge Ritter Madame Ambrosia unter großen Zeremonien und glänzenden Festen heimgeführt hatte, schien sie ihm in ihrer prächtigen Kleidung weit schöner als gewöhnlich, und da ihm außerdem ihre Sitten und ihr Benehmen ungemein gefielen, vertausendfachte sich seine Liebe zu ihr, so daß sich ihm, wenn er nicht bei seiner Ambrosia war, alle Zufriedenheit und Freude in tiefste Traurigkeit verkehrte.

Obgleich sie über Gebühr mit vielen reichen und kostbaren Juwelen versehen und von ganzen Schwärmen von Dienern und Mägden umgeben war, ließ er sie dennoch an dem, was die Frauen über alles lieben, und was sie aus Züchtigkeit verschweigen, alles andere eher als Mangel leiden. Kurz, das Leben, das sie führte, war überaus angenehm, und es fehlte ihr an nichts, weder an etwas Großem noch an etwas Geringem. Unter dem Hausgesinde, das der Ritter zu ihrer Bequemlichkeit und Unterhaltung hielt, befand sich ein so abschreckend häßlicher, mißgestalteter Zwerg, daß man ihn mit keiner menschlichen Gestalt hätte vergleichen können. Über diesen freute sich Madame Ambrosia beständig über die Maßen, und bisweilen ließen sie und die Leute im Haus ihn Sprünge und viele verschiedene Bewegungen machen, wie die Zwerge sie zu machen pflegen, und er machte seine Sache so gut, daß alle ihren Spaß und ihre Freude daran hatten.

Und bei diesen Verrenkungen gewahrte die Dame, daß das ungestalte Tier mit einem großmächtigen Schwanz versehen war. Obwohl nun unsere Ambrosia einen so trefflichen und schönen Gatten hatte, der sie mehr als sich selbst liebte und es ihr, wie oben gesagt wurde, an nichts fehlen ließ und sie aufs beste behandelte, gab sie doch nur der einen Erwägung Raum, daß zwei viel mehr ausrichten können als einer, und so überkam sie ein so zügelloses und wildes Verlangen, zur Befriedigung, vielmehr zur Ermüdung ihrer unersättlichen Geilheit auszuprobieren, ob der Zwerg auf ihrem weichen Körper den slawonischen Sprung ebensogut ausführen könne, wie auf dem harten Boden, daß sie sich ganz verzehrte. Und da dieses verworfene Geschlecht dergleichen Dinge selten denkt, ohne sie so bald wie möglich in die Tat umzusetzen, so ließ die gemeine Schelmin nicht viele Stunden verstreichen, als sie auch schon ihren gierigen Strudel mit dieser abscheulichen Speise befriedigen wollte, und wiewohl das wilde Tier ihr zuweilen sehr zusetzte, waren doch alle ihre Gedanken darauf gerichtet, jeden Tag mit neuer Kraft den mit dem Zwerg begonnenen Kampf fortzusetzen, von einer so zügellosen Gier war sie befallen.

Als sie nun ihrer verabscheuenswürdigen Geilheit auf diese Weise zu frönen fortfuhr, geschah es, daß eine alte Mohrin, die sehr lange Zeit beim Vater des Ritters und dann bei diesem selbst gewesen war und mit großer Liebe an ihnen hing, hinter dieses Verhältnis kam. Da sie jede Beeinträchtigung der Ehre und der Zufriedenheit, die ihrem Herrn zugefügt werden konnte, mehr geschmerzt hätte als der Verlust ihres eigenen Lebens, beschloß sie, wenn ihr Verdacht sich bestätigte, eher zu sterben, als es zu ertragen.

Doch als alte und erfahrene Dienerin nahm sie sich vor, sich zunächst auf das genaueste zu vergewissern und sodann ihren Herrn davon zu unterrichten. Eines Tages also, als der Ritter aus der Stadt auf Vogelbeize geritten war, und sie vermutete, daß die Herrin diese Gelegenheit benutzen und ihr Spiel munter fortsetzen würde, verbarg sie sich unter dem Bett derselben, und wie sie dort gespannt wartete, vernahm sie, daß die Dame im Nebenzimmer die Dienerschaft unter einem schicklichen Vorwand entließ und sah sie mit dem Zwerg in die Schlafkammer treten. Darauf hörte sie sie die Tür verriegeln und, vielleicht um keine Zeit zu verlieren, ohne viel Federlesens das Bett besteigen und die gewohnte Arbeit beginnen.

Nun kam die alte Mohrin leise aus ihrem Versteck hervor, und als sie die beiden einen neuartigen, ausschweifenden Doppeltanz tanzen und zuweilen die Dame auf dem Spieß der garstigen Kröte reiten sah, überfiel sie ein so unerträglicher Schmerz und ein so grimmiger Zorn, daß sie ohne weiteres Nachdenken eine Saufeder ergriff, die sie an einer Wand des Zimmers hängen sah, und deren sich der Ritter bei der Jagd auf Wildschweine bediente, und mit dieser mit einem schweren spitzen und scharfen Eisen versehenen Waffe in der Hand, ohne von dem Paar bemerkt zu werden, auf das Bett stieg und den Speer der Herrin mit aller Gewalt ins Kreuz stieß und, indem sie sich mit voller Wucht darauf warf, nicht allein sie, sondern auch den Zwerg durch und durch bis auf die Tücher des Bettes bohrte, so daß sie beide, ohne daß sie von dem Speer loszukommen vermochten, einer auf dem anderen in der Umarmung nach kurzer Zeit starben.

Es schien der Mohrin, die nach der Tat ein wenig zur Besinnung gekommen war, als habe sie übel gehandelt, das Amt des Rächers zu übernehmen, das ihr nicht zustand, doch ließ sie sie liegen, wie sie lagen, riegelte die Kammer von außen zu und sandte eilig einen Knecht zu dem Ritter mit der Botschaft, wenn er seine Gattin noch am Leben sehen wolle, so möge er unverweilt kommen, da sie infolge eines Herzkrampfes im Sterben liege.

Der Diener fand den Ritter und richtete ihm die Botschaft aus, die dieser mit nicht geringer Betrübnis anhörte, dann alle anderen Geschäfte liegen ließ und sich sofort auf den Heimweg machte. Als er zu Hause ankam, ging ihm die liebevolle, treue Sklavin entgegen und führte ihn, ohne ein Wort zu sagen, in die Schlafkammer und zeigte ihm dort den Beweis der ungeheuerlichen Schandtat seiner über alles geliebten Gattin, worauf sie ihm schmerzbewegt Punkt für Punkt erzählte, wie alles gekommen war, und wie sie aus übergroßer Besorgnis um seine Ehre sich habe hinreißen lassen, den doppelten Totschlag zu begehen.

Wie groß der Schmerz, die Herzenspein und die Niedergeschlagenheit des Ritters war, als sich ihm der Anblick bot, der die Worte seiner treuen Sklavin auf das klarste bewies, und als er daran dachte, daß er mit einem Schlag nicht nur die Ehre und sein dauerndes Glück, sondern auch eine so schöne und von ihm so innig geliebte Frau verloren habe, das kann sich jeder, dem es nicht an Verstand mangelt, selber sagen; denn meine Feder ist dieser Aufgabe nicht gewachsen. Jeden Augenblick kam es ihm vor, als wollte sein leidvolles Herz in Stücke zerspringen; nachdem er aber seinem Schmerz durch Tränen und Klagen ein wenig Genüge getan hatte und wieder zur Besinnung kam, erkannte er, daß hier nichts mehr zu machen sei, und beschloß als kluger Mann wenigstens seine Ehre zu retten. Er schickte alsbald nach dem Vater und den Brüdern der Frau, ließ sie in die Schlafkammer treten und zeigte ihnen das Vergehen der beiden so würdigen Liebenden und seine Bestrafung mit dem Geständnis, von Schmerz und wildem Zorn übermannt, sei er zum Mörder und Rächer eines so entsetzlichen und beinahe unmenschlichen Exzesses geworden.

Als diese die deutliche Sprache der Tatsachen sahen, wußten sie trotz ihres gerechten Schmerzes nichts weiter zu tun, als dem Ritter das höchste Lob zu erteilen. Um eine strenge und harte Rache und Züchtigung zu vollziehen, ließ er unverzüglich die beiden Leichen, so aufgespießt wie sie waren, nehmen, auf einen Esel laden, an einen außerhalb der Stadt gelegenen erhöhten Ort bringen und dort den Raubvögeln und anderen wilden Tieren zum Fraß hinwerfen, von denen sie denn auch bis auf die nackten Knochen verzehrt wurden.

DAS DREIFACHE VERSPRECHEN

Viola verspricht dreien ihrer Liebhaber, sie in ein und derselben Nacht zu befriedigen. Der erste erscheint, wird aber vom zweiten gehindert, sich seiner Beute zu bemächtigen. Es erscheint der dritte, und als er sich vom zweiten zum Besten gehalten und den Eintritt verwehrt sieht, merkt er den Betrug und setzt der Gewalt die List entgegen, so daß er sich an dem ersten wie an dem zweiten bitter rächt und zu guter Letzt Besitzer der Beute wird.

*

Letzvergangenen Januar war es ein Jahr, daß zu Neapel ein braver Holzarbeiter lebte, dessen Handwerk sich auf die Anfertigung von Holzpantoffeln beschränkte. Dieser hatte ein Haus zur Miete, das dicht bei der Sattlerstraße an einem kleinen Platz hinter der alten Münze lag. Er nannte eine anmutige und sehr schöne Frau sein eigen, die, jung wie sie war, die Werbungen ihrer beinahe zahllosen Liebhaber keineswegs verachtete oder übelnahm; doch liebte und begünstigte sie unter der großen Schar drei mehr als die anderen. Der eine von ihnen war ihr Nachbar, ein Schmied, der zweite ein Genueser Kaufmann und der dritte ein Mönch, dessen Name und Orden mir entfallen sind, von dem ich jedoch weiß, daß er ein erfahrener und berüchtigter Frauenjäger war. Diesen dreien hatte sie, ohne daß einer vom anderen wußte, versprochen, sie würde sie zufriedenstellen, wenn ihr Mann einmal außer Hause übernachte. Nun geschah es, daß nach Ablauf weniger Tage der Gatte nach Ponte a Selece ging, um eine Eselslast roher Holzpantoffeln zu holen und sie nachher in Neapel zu glätten, wie er es zu tun pflegte. Da er zu diesem Geschäft bis zum folgenden Tag fortbleiben mußte, erfuhren die drei Wartenden alle von diesem Ausflug und Übernachten, und obgleich jeder von ihnen sich ganz von selbst bereithielt, die Gunst der Umstände zu benutzen, so war doch der erste, der sich an der Tür unserer Viola – denn so hieß die Frau des Pantoffelschnitzers – zum Turnier einfand, vielleicht weil er der glühendste der drei Liebhaber war, der Genueser. Und er bat sie inständig, ihn doch nach Anbruch der Nacht zur Abendmahlzeit und Herberge zu erwarten. Dabei machte er ihr wiederholt die größten Versprechungen, wie man sie bei solchen Pakten zu machen pflegt, so daß Viola, um ihn nicht aufzuhalten, ihm sagte, sie sei's zufrieden, doch möge er so spät kommen, daß die Nachbarn nicht auf ihn aufmerksam würden. Hocherfreut erwiderte der Genueser: »Ja, das will ich tun, in Gottes Namen!«, verließ sie und ging eilends in die Markthalle, kaufte dort zwei auserlesene, fette, weiße, lange Kapaunen und sandte sie mit frischem Brot und verschiedenen trefflichen Weinen unauffällig in das Haus der jungen Frau.

Nachdem der Mönch den Gottesdienst besorgt hatte, nahm er, voll Verlangen, daß ihm das gegebene Versprechen gehalten werde, den Weg zwischen die Beine, durchquerte eine Menge Straßen und gelangte wie ein hungriger Wolf, der sich auf ein von der Herde verirrtes Schäflein stürzen will, an das Haus, in dem Viola wohnte. Er rief sie und erklärte ihr, er beabsichtige unter allen Umständen die Nacht bei ihr zuzubringen. Viola, die um keinen Preis den Genueser betrogen hätte, den Mönch aber als sehr verwegen und zudringlich kannte und es ihm nicht hätte abschlagen können, ihn zu befriedigen, wußte in ihrer Verlegenheit nicht, was sie sagen sollte; doch kam ihr plötzlich ein Gedanke, wie sie auf geschickte Weise alles zum besten wenden könne, und sie antwortete dem Mönche freundlich, sie sei bereit, seinen Willen zu erfüllen, er solle aber nicht vor der fünften Nachtstunde kommen, weil ein kleiner Verwandter von ihr bei ihr zu Nacht bleibe, der vor dieser Zeit noch nicht eingeschlafen sei; und wenn er sein Verlangen gestillt habe, solle er sogleich mit Gott wieder von dannen gehen. Als der Mönch hörte, daß er angenommen werden würde, war ihm das übrige gleichgültig; er erklärte sich einverstanden und ging fort.

Der Schmied, der bis spät auf dem Zollamt beschäftigt war, Eisen in Empfang zu nehmen, fand, als er nach Hause zurückkehrte, Viola am Fenster und sagte zu ihr: »Diese Nacht ist dein Gatte auswärts, da könntest du mich in Gnaden annehmen, und du tätest wirklich gut daran; denn andernfalls kannst du versichert sein, daß ich alle deine Pläne stören werde.« Viola, die ihn sehr liebte und nicht wenig fürchtete, dachte, daß die lange Nacht ihr Zeit genug dazu ließe, alle drei Kunden abfertigen zu können, und beschloß, wie sie es für die beiden anderen möglich gemacht hatte, so auch dem dritten Unterkunft zu gewähren, obwohl er zuletzt gekommen war, und sagte zu ihm: »Lieber Mario, du weißt, wie schlecht man mich hier in der Nachbarschaft ansieht, und wie sehr alle Frauen nach einem gerechten Grund ausschauen, mich zu vertreiben, und es sind einige darunter, die mich bis Mitternacht überwachen. Damit mir also ihre Nachstellungen nichts anhaben können, warte mit deinem Kommen bis gegen Tagesgrauen, bis zu der Zeit also, da du aufzustehen pflegst, und dann gib mir ein Zeichen, worauf ich dir öffnen werde. Wir werden dann für dieses erste Mal ein Weilchen zusammen sein, mit der Zeit werden wir es besser einrichten können.«

Der Schmied, der merkte, daß es ihr mit dem Weilchen nicht so ernst war, und er seinen Zweck sicherlich erreichen werde, zeigte sich ohne weitere Antwort mit dieser Ordnung der Dinge zufrieden.

Als es Nacht geworden war, schlich sich der Genueser heimlich in Violas Haus. Obwohl sie ihn aber liebreich empfing, und sie sich zu wiederholten Malen küßten, gestattete es ihm seine kühle Natur nicht, ohne Bettwärme oder andere Mittel das Liebesverlangen aufzuwecken; und so setzte er sich rittlings hin und begann das Einsalzen, während die Kapaunen gerupft und bratfertig gemacht wurden. Sei es aber, daß das Feuer schlecht war, oder was sonst der Grund sein mochte, die dritte Nachtstunde schlug bereits, und sie hatten ihre Mahlzeit noch immer nicht begonnen, obgleich die junge Frau vor Ungeduld fast verging, weil sie fürchtete, es möchte plötzlich der zweite Gang erscheinen, bevor sie noch vom ersten gekostet.

Und richtig hörte man plötzlich an die Haustür pochen, und der Genueser sagte voller Angst: »Mir scheint, es hat jemand an unsere Haustür geklopft.« »Du hast recht«, antwortete ihm die junge Frau, »und ich fürchte sehr, daß es mein Bruder ist, aber keine Angst, ich werde dafür sorgen, daß er dich nicht sieht: steig aber aus diesem Fenster und setze dich dort zwischen meine Kräuter und Blumen. Ich gehe unterdessen nachsehen, wer es ist, und was es zu bedeuten hat, und will den Störenfried schon bald wieder loswerden.«

Obgleich ein feiner, von einem sehr kalten Winde getriebener Regen, den viele für Schnee gehalten hätten, niederging, tat der Genueser, bei dem die Furchtsamkeit die Liebeshitze überwog, dennoch, was ihm von Viola geheißen wurde. Diese schloß hinter ihm das Fenster, versteckte das Abendessen, weil sie ahnte, wer gepocht habe, und ging an die Tür. Als sie sich überzeugt hatte, daß es der zudringliche Mönch war, sagte sie ein wenig erzürnt zu ihm: »Du bist sehr früh gekommen und hast dich nicht an die Weisung gehalten, die ich dir gab, du willst mich sicher ins Unglück stürzen, mich Ärmste, weil du nicht ein wenig warten kannst!« Diese und ähnliche Worte sagte sie, dennoch aber öffnete sie ihm.

Er trat ein; doch ohne sich erst mit Küssen aufzuhalten, wie der Genueser es getan hatte, erteilte er ihr blitzschnell, ohne nur die Haustür abzuschliessen, vollkommenen Ablaß, nicht kraft einer ihm vom Ordensgeneral übertragenen Gewalt, sondern kraft verliehener Natur. Während nun Viola glaubte, daß dieses eine Mal genüge, um ihn zufrieden heimkehren zu lassen, sah sie, daß er die Treppe hinaufstieg, weshalb sie ihm nach Verriegelung der Haustür folgte und sagte: »Mach' um Gottes willen, daß du fortkommst, mein Verwandter ist noch nicht eingeschlafen und wird dich sicherlich hören.«

Der Mönch kümmerte sich nicht um ihre Worte, stieg hinauf, und da er noch Glut auf dem Herd fand, wärmte er sich dort ein wenig, worauf er ein zweites Mal auf Viola losging und ihr einen neuen Tanz aufzuspielen begann, dessen Melodie angenehmer klang als die, die der arme Genueser wegen der empfindlichen Kälte mit dem Zähneklappen hervorbrachte. Dieser sah durch die Ritzen der Fensterläden alles, was im Zimmer vorging, und jeder kann sich, wenn er sich in Gedanken in eine solche Lage versetzt, leicht vorstellen, wie niedergeschlagen ihn dieser Schmerz, die Furcht gehört zu werden und die große Kälte, die ihn peinigte, machten. Er hatte schon mehrmals den Entschluß gefaßt, hinunterzuspringen, doch war die Dunkelheit so groß, daß er die Höhe nicht abzuschätzen vermochte, und auch die Hoffnung, der Mönch würde endlich gehen, weil er mehr als zufrieden sein konnte, und die junge Frau beständig in ihn drang, sie zu verlassen, bewog ihn, noch zu bleiben. Der aber, durch den Genuß der schönen jungen Frau warm geworden, hatte sich fest vorgenommen, das Feld nicht eher zu räumen, als bis das Tageslicht ihn verscheuchte, zumal er, ohne Viola aus den Armen zu lassen, nicht ihr, wohl aber dem Genueser, der recht mißvergnügt zusah, allerlei moderne Tänze beigebracht hatte.

So blieb er denn, bis er um die zehnte Nachtstunde den Schmied hörte, der sich mit dem vereinbarten Erkennungszeichen vor Violas Haustür störend bemerkbar machte. Auf seine Frage, wer denn da an ihre Tür poche, antwortete sie: »Ach, das ist der Schmied, mein Nachbar, der mich nie in Ruhe läßt, und den ich weder durch eine gute noch eine böse Antwort loswerden konnte.«

Der Mönch, der ein großer Witzbold war, kam sogleich auf den Gedanken, sich einen Spaß zu machen, eilte hinunter an die Haustür und fragte mit verstellter Stimme, als ob er Viola wäre: »Wer bist du?« »Ich bin's,« antwortete der Schmied, »erkennst du mich nicht? Öffne mir bitte, ich werde sonst ganz naß!« »Ach Gott!« entgegnete ihm der Mönch, »leider kann ich dich nicht durch diese Tür einlassen, die beim Öffnen so großen Lärm macht, daß die ganze Nachbarschaft aufmerksam werden würde.« Der Schmied, der nicht wußte, wohin er sich vor dem Regen retten sollte, flehte, sie möge ihm doch öffnen, er vergehe ganz vor Liebe zu ihr, worauf der Mönch, der ihn mit dem größten Vergnügen hinhielt, damit er gehörig durchnäßt würde, zu ihm sagte: »Küsse mich, liebe Seele, durch diesen Spalt, der breit genug ist, ich will dann zusehen, wie ich diese verwünschte Tür aufbringen kann, ohne daß sie Lärm macht.«

Der Schmied glaubte den trügerischen Worten und schickte sich hocherfreut zum Küssen an; der Mönch aber, der inzwischen die Hosen heruntergelassen hatte, hielt ihm den Mund hin, durch den man den Unrat hinausbefördert. Der Schmied, der Violas süße Lippen mit den seinen zu berühren meinte, erkannte durch das Gefühl und den Geruch sofort, was er in Wirklichkeit vor sich hatte, und dachte sich gleich, daß er es mit einem anderen Jäger zu tun habe, der früher als er zum fröhlichen Weidwerk erschienen sei und ihn jetzt auf diese Weise foppe. Er beschloß daher sogleich, den empfangenen Schimpf nicht ungerächt hinzugehen zu lassen, und während er so tat, als wolle er beißen und lecken, sagte er zu dem Mönch: »Liebste Viola, während du siehst, wie du mir die Tür aufmachst, will ich mir einen Mantel holen; denn ich kann den Regen nicht länger ertragen.« »Geh in Gottes Namen,« erwiderte ihm der Mönch, »aber komm bald wieder,« worauf er mit der jungen Frau zu lachen anfing, daß sie sich kaum auf den Füßen halten konnten. In seiner Werkstatt angelangt, schmiedete der Schmied rasch einen Eisenstab von der Form eines Bratspießes, ließ ihn recht schön glühend im Feuer und sagte zum Gesellen: »Pass gut auf, und wenn ich mich räuspere, so lauf leise mit diesem Stab zu mir.«

Mit diesen Worten kehrte er zu der Haustür zurück, um den Einlaß hinzuzögern, und nachdem er eine Weile mit dem Mönch gesprochen hatte, sagte er zu ihm: »Küß mich noch einmal!« Der Mönch, der diese Wendung schneller fertigbrachte als ein Affe, hielt ihm sofort den gewohnten Trichter hin, Mario aber gab seinem Gesellen das Zeichen, und dieser reichte ihm alsbald das glühende Eisen. Er ergriff es, und den richtigen Augenblick wahrnehmend, versetzte er ihm damit einen Stich in die Gegend des finsteren Tales, daß das Eisen nahezu eine Handbreit eindrang. Als der Mönch den furchtbaren Stoß verspürte, konnte er nicht anders als einen Schrei ausstoßen, der bis zum Himmel drang. Darauf brüllte er unausgesetzt wie ein wilder Stier, so daß alle Nachbarn aufwachten und mit Lichtern an die Fenster eilten, und alles erschreckt nach dem Grund dieses ungewohnten Lärms fragte.

Der betrübte Genueser, der auf eine Weise erstarrt war, daß nur wenig fehlte, und er hätte auf seinem Fensterplatz in Eis verwandelt das Ende seiner Tage erlebt, beschloß, als er den Lärm hörte und so viele Lichter straßauf straßab sah und merkte, daß der Tag bereits zu grauen begann, um nicht dort oben gefunden und als Dieb angeprangert zu werden, nun doch hinunterzuspringen. Er faßte sich also ein Herz, empfahl sich Gott und wagte den Sprung. Das Glück war ihm aber so abhold, daß er beim Aufprallen auf die Erde mit dem einen Bein gegen einen Stein stieß und es sich an mehreren Stellen brach. Der heftige Schmerz veranlaßte ihn zu einem ebenso lauten Wehgeschrei wie den Mönch.

Der Schmied eilte auf das Geschrei herbei, fand und erkannte den Genueser, und als er sich über die Ursache seines Schreiens klar geworden war, fühlte er sich ein wenig von Mitleid gerührt und schaffte ihn mit nicht geringer Schwierigkeit mit Hilfe seines Knechts in seine Werkstatt.

Nachdem er von ihm erfahren hatte, wie alles zusammenhing, und wer der von ihm verwundete Liebhaber war, trat er hinaus und brachte das Schimpfen der Nachbarn zum Schweigen, indem er erklärte, es seien zwei Gesellen von ihm gewesen, die sich verletzt hätten. Als dann alle ruhig waren, wie der Mönch wollte, rief Viola den Schmied leise herbei, und dieser kam, und als er den Mönch halbtot daliegen fand, nahm er ihn nach vielen Entschuldigungen mit seinem Knecht auf die Schulter und brachte ihn in sein Kloster. Zurückgekehrt, ließ er den Genueser auf einem Esel in seine Behausung schaffen, während er selbst Violas Haus aufsuchte. Dort aßen sie, es war inzwischen Tag geworden, zusammen die Kapaunen auf, und der Schmied stillte überdies vollkommen sein Verlangen, worauf er kreuzvergnügt in seine Werkstatt zurückkehrte, um den Hammer zu schwingen. So ließ der Meister Schmied, der als letzter Renner auf dem Plan erschien, die Nebenbuhler mit Schaden, Schmerzen und Spott sitzen.

DER VERFÜHRTE FÜRST

Ein Edelfräulein, das sich in den Fürsten von Salerno verliebt hat, setzt sich mit seinem Kaplan in Verbindung und sagt ihm, sie habe vom Fürsten mehrere Briefe erhalten, in denen er sie um ihre Liebe bitte. Der Kaplan merkt, worauf sie hinaus will, fädelt die Sache ein und führt sie zum gewünschten Ziel.

*

Als der hochberühmte König, unser Herr, Don Ferrando, in Neapel ununterbrochen große Wettkämpfe, bewunderungswürdige Jagden und glänzende Feste veranstaltete, geschah es eines schönen Tages, daß ein Edelfräulein von beinahe einzigartiger Schönheit und aus einer der ersten Familien Neapels, die schon früher mehrmals die Anmut und Wohlgestalt des Antlitzes wie des Körpers meines Durchlauchtigsten Herrn Fürsten von Salerno bemerkt, auch von vielen seine hervorragenden Tugenden aufs höchste hatte preisen hören und in jenen Tagen vielleicht mehr denn je Gefallen an ihm gefunden hatte, sich dermaßen in ihn verliebte, daß sie immer und immerfort an ihn denken mußte. Nachdem sie sich lange den Kopf zerbrochen und hin und her überlegt hatte, wie sie unter Wahrung ihrer Ehre in einer so würdigen Unternehmung den Sieg erringen könne, aber überall auf Schwierigkeiten gestoßen war, ging ihr mehrmals der Gedanke durch den Kopf, es so zu machen wie manche andere Frauen, die, wenn sie den Angriffen Amors nicht widerstehen können, die von ihnen geliebten Jünglinge zum Liebeszweikampf herausfordern lassen. Da sie aber einige Klugheit besaß, sagte sie sich, daß ein solcher Schritt ihr und ihrem Unternehmen sehr zur Unehre gereichen würde, und verfiel auf ein seltsames und schlaues Mittel, ihn dazu zu bringen, die ersten Blüten ihres noch nicht angebauten Gartens zu pflücken. Sie nutzte die Zeit, da der Fürst in einer anderen Gegend mit dem Waidwerk beschäftigt war, ließ einen mit ihrem Haus befreundeten Priester, dem sie vollkommen vertrauen konnte, rufen und befahl ihm, was er zu tun habe. Dieser begab sich am anderen Morgen zu dem wunderbaren Palast, den der genannte Fürst bei der Porta reale erbauen läßt, fand dort einen Fra Paolo, der Kaplan und vertrauter Diener des Fürsten war, und bat ihn, ihm doch den Kaplan des Fürsten zu zeigen. Auf dessen Erklärung: »Ich bin es selbst«, fuhr er fort: »Eine Edeldame möchte dich morgen zu früher Stunde in der und der Kirche sprechen«, worauf der Mönch mit heiterer Miene erwiderte, er stehe zu ihrem Befehl, und zur verabredeten Zeit hinging. Dort fand er die Edeldame bereits seiner warten. Sie ließ ihre Begleitung stehen, zog sich mit dem Mönch in eine Kapelle zurück und begann folgendermaßen zu ihm zu sprechen: »Mein lieber Bruder Paolo, da du ein kluger Mann und auf so vertrautem Fuß mit deinem Herrn stehst, glaube ich, daß es mir zur Wahrung seiner und meiner Ehre und auch zu meiner Beruhigung dient, dir alle meine Geheimnisse zu offenbaren, genau so wie ich es bei meinem geistlichen Vater tun würde. Bevor ich weitergehe, wünsche ich von dir zu hören, und ich bitte dich bei der Liebe und Treue, die du für deinen Herrn hegst, daß du mir die volle Wahrheit sagst und angibst, ob einige Briefe, die ich dir zu zeigen beabsichtige, von der Hand deines Herrn geschrieben sind oder nicht. Ich sage dies deswegen, weil seit einiger Zeit ein junger Mann, den wir als Lehrer meiner Brüder im Hause halten, mir im Namen des Herrn Fürsten eine ganze Reihe von Briefen gebracht hat, die so leidenschaftlich und von Liebe gewürzt sind, wie sie nur je ein glühender Liebhaber an eine Frau geschrieben hat; und alle endigen damit, ich möge ihm doch Zeit und Gelegenheit zu einer eingehenden Aussprache schenken. Der Bote sowohl wie die Botschaften haben mir dermaßen den Verstand verwirrt, daß ich keine Ruhe finden kann und ein wenig für mein Leben zu fürchten anfange. Ich befürchte nämlich, daß dieser Lehrer von einem meiner älteren Brüder bestochen worden sei, die vielleicht mich und meine Festigkeit auf die stärkste Probe stellen wollen. Auf diesen Gedanken bringt mich ein Gespräch, das ich kürzlich mit ihnen und anderen im Haus über die Tapferkeit und Tugend einiger großer Herren hatte, und bei dem der eine von ihnen diesen, der andere jenen nannte. Als ich nun von der Wahrheit und von der Liebe, die ich ganz natürlicherweise ohne eigensüchtigen Grund zu ihm hege, angespornt und durch das Gespräch warm geworden, sagte, daß Er nicht allein die Ehre des Hofes, sondern die Leuchte und der Spiegel unseres ganzen Italiens sei, da wandte sich einer meiner Brüder zu mir und befahl mir zu schweigen, und seitdem hat er mich nie mehr mit günstigen Augen angesehen. Aus diesem Grund also gerate ich bei dem Gedanken an den Fürsten in eine solche Verwirrung, daß ich kaum mehr zu schlafen und zu essen vermag. Anderseits sage ich mir: könnte es denn überhaupt sein, daß jener die Wahrheit gesprochen hat, und der Fürst, weil ich ihn ein paarmal mehr als es sich gehört angeschaut, Liebe zu mir gefaßt und sich entschlossen haben sollte, mir mit solcher Leidenschaft zu schreiben? Wenn dem wirklich so wäre, so würde es mich, wenn auch die Gefahr geringer wäre, im tiefsten Herzen betrüben, zumal ich wünschte, daß er sich als echter Ritter erwiese und seine Liebe mit der meinigen übereinstimme, die ich so gedämpft habe, daß sie die Grenzen der Schicklichkeit nicht überschreitet; denn ich habe die Herrschaft über mich selbst nicht so weit verloren, daß ich nicht wüßte, daß die Ehre jeder Sinnlichkeit vorgehen muß.« Mit diesen und vielen ähnlichen Worten, die sie sich mit größter Kunst zurechtgelegt hatte, zeigte sie ihm die besagten Briefe, durch die sie ihrer wohlersonnenen Fabel größere Glaubwürdigkeit zu verleihen glaubte.

Obwohl Bruder Paolo als kluger und in ähnlichen Schlachten mehrmals siegreicher Mann die verborgene Absicht des Fräuleins verstanden und durchschaut hatte, war er doch, je länger sie sprach, baß erstaunt und verwundert, daß in einem so jugendlichen und weiblichen Geist so viel Erfindung und List wohne. Da er jedoch mehrmals bemerkt hatte, daß sie bei Nennung des Fürsten die Farbe wechselte, kam er zu der Überzeugung, daß ihre Leidenschaft heiß und tief sei, und beschloß daher, mit ihrem eigenen Wind auf diesem sanftgefügigen Meere zu segeln. Er antwortete ihr also: »Madonna, da ihr mich durch Eure Freundlichkeit für würdig gehalten habt, mir Eure Geheimnisse zu entdecken, so könnt Ihr versichert sein, daß die Sache zur Wahrung

Eurer und meines Herrn Ehre von mir mit solcher Schweigsamkeit behandelt werden wird, wie ihre Gewichtigkeit es verlangt. Eure auf sehr guten Gründen beruhenden Befürchtungen sind zu loben und dürfen nicht ohne reifliche Überlegung beiseite geschoben werden; doch obwohl man es nicht für unmöglich halten kann, daß Eure Brüder einen solchen Plan zu dem von Euch vermuteten Zweck ausgeheckt hätten, so kann ich kaum glauben, daß sie als kluge Menschen, die sie doch sind, ihre Ehre in die Hände eines Studenten, der dazu ein Fremder ist, hätten legen wollen, wo sie doch viele andere und weit sicherere Mittel hatten, sich davon zu überzeugen. Aber lassen wir diese Frage auf sich beruhen und kehren wir zu uns selbst zurück! Da will ich Euch sagen, daß diese Briefe nie von meinem Herrn geschrieben worden sind, und wenn es so wäre, würde ich mich darüber wundern, weil er nämlich die Gewohnheit hat, niemals irgendeiner Frau eigenhändig zu schreiben, und wäre er noch so heftig in sie verliebt, bevor er ihre Liebe nicht erprobt hat; alle zu Beginn seiner Verliebtheit gesandten Briefe und Botschaften werden von einem vertrauten Kammerdiener geschrieben und ausgerichtet. Daher glaube ich sicher, daß diese Briefe von dessen Hand sind; denn mich dünkt, ich kenne jenen Studenten und ich habe ihn mehrmals mit besagtem Kammerdiener vertraulich verhandeln sehen. Dies zu glauben, fehlt es mir nicht an Grund; denn schon mehrmals, wenn ich mit meinem Herrn über schöne Frauen sprach, stellte er mit einem kleinen unterdrückten Seufzer Euch über jede andere, und obgleich er nur selten und wenig spricht, hat man ihn doch mehrmals im geheimen sagen hören, daß er Euch allein mit der größten Leidenschaft liebe. Obwohl Eure Klugkeit meines Rates nicht bedarf, scheint es mir doch gut, wenn Ihr mir erlaubt, daß ich diese Sache mit allen Euren Befürchtungen meinem Herrn bekanntgebe, und zwar nicht durch Briefe oder durch Botschaften, sondern indem ich selber der Bote bin, da er morgen oder übermorgen wieder in Salerno eintreffen muß. Da ich Euch und ihm damit einen Dienst tue, nehme ich es gerne auf mich, die Reise zu machen, und wenn ich dann von ihm wahrheitsgemäß erfahren habe, was sich erfahren läßt, werde ich sofort wieder zurückkommen. Finde ich heraus, daß die Dinge so liegen, wie sie meiner Ansicht nach liegen müssen, so könnt Ihr mit Euch selbst zu Rate gehen und den Entschluß fassen, den Euer Verstand als den besten und überzeugendsten Weg erkennt. Damit Ihr aber gleich die Antwort erfahren könnt und die Sache keinen Aufschub erleidet, so wißt, daß ich, wenn ich an Eurem Hause vorbeikomme und den Jüngling rufe, der Euch gegenüber wohnt, aus Salerno zurückgekehrt bin, und wir uns am folgenden Morgen an dieser Stelle treffen wollen.«

Das Edelfräulein, das überzeugt war, den Mönch angeführt zu haben, und glaubte, daß sein kluger Einfall vollen Erfolg haben werde, freute sich innerlich so sehr, daß sie sich vom Himmel gekrönt dünkte; und nachdem sie diese Verabredung mit dem Mönch getroffen hatte, sagte sie zu ihm: »Ich bitte dich inständig, daß, wie du meine Befürchtungen teilweise zerstreut hast, du mich auch über den Rest beruhigst und mir alles sagst, was du aus deinem teuren Herrn herauszubringen vermocht hast, damit mein zermarterter Geist ein wenig zur Ruhe kommen kann.«

Damit beendigten sie ihr Gespräch, und jeder kehrte vergnügt, allerdings aus verschiedenen Gründen, nach Hause zurück. Das Glück, das in den Anfängen den Liebesunternehmungen des Fürsten viel günstiger war als gegen Ende, wollte, daß der Mönch daheim Nachrichten vorfand, daß der Fürst unterwegs sei und sich bereits am nächsten Tage in Neapel befinden werde.

Fra Paolo ging ihm gleich entgegen und erzählte ihm schmunzelnd die Geschichte von der Schlauheit und dem Entschluß des verliebten Mädchens. Der Fürst hörte ihn ebenso erstaunt wie erfreut an, und obwohl er das Mädchen selten gesehen hatte und sich nicht einmal ihrer Reize erinnerte, schien es ihm doch Pflicht, die zu lieben, die ihn liebte, und er antwortete dem Mönch, er möge die Sache so einfädeln, daß sie so bald wie möglich zusammenkämen.

Hochvergnügt und diensteifrig eilte der Mönch, sobald er von seinem Maultier abgestiegen war, vor das Haus des Fräuleins, wo er das verabredete Zeichen gab, das von ihr mit dem größten Entzücken aufgenommen wurde. Am anderen Morgen erschien sie am angegebenen Ort und fand dort den Mönch, der zu ihr sagte: »Mein lieber Herr, der zu deiner Freude gestern abend in Neapel eintraf, läßt sich dir empfehlen; ich habe ihm Art und Inhalt unserer Unterredung genau erzählt und von ihm keine andere Antwort erlangen können als die, daß er Euch bittet und beschwört, es möge Euch bei der innigen Liebe, die er so lange Zeit zu Euch gehegt hat und hegt, sowie bei der, die Ihr mit Recht für ihn hegen müßt, gefallen, ihm diesen Abend Gelegenheit zu einer vollständigen Aussprache zu geben, damit er Euch, ohne sich irgendeinem Sterblichen anvertrauen zu müssen, selbst entdecken könne, was er in seinem liebeglühenden Herzen hinter starkem Riegel verborgen gehalten hat und hält.«

Das Fräulein, das diese Worte mit so viel Stolz anhörte, daß sie sich kaum zu lassen wußte, und der jede Stunde tausend Jahre zu dauern schien, bis sie das letzte Ziel ihrer Liebe erreichte, antwortete nach anfänglicher schwacher Weigerung, sie sei es zufrieden. Bevor sie sich trennten, verabredeten sie also, wo, wie und zu welcher Stunde sie sich zur Liebesschlacht zusammenfinden sollten, worauf der Mönch eilig zu seinem geliebten Herrn zurückkehrte, der auf die Antwort wartete. Nachdem er diesem alles ausführlich berichtet hatte, begab sich der Herr, als es ihnen an der Zeit schien, mit seinen Begleitern an den verabredeten Ort. Dort fand er das reizende, nach lieblichen Wohlgerüchen duftende Fräulein, das ihn mit offenen Armen und größter Freude empfing.

Nachdem sie unendlich viele Küsse gewechselt hatten, bestiegen sie die Barke, setzten das Steuer ein und hißten die Segel, und obgleich das Fräulein in der Seemannskunst nicht sehr erfahren war, erlaubte das Wetter es ihnen doch, auf dem Meer der Liebe zu schiffen, und sie erreichten nach angemessener Zeit lustvoll den Hafen. Das Fräulein, das mit ihren Armen den Hals des Fürsten zärtlich umschlungen hielt, sagte zu ihm: »Mein allersüßester Herr, wenn ich allein es durch meine Umsicht dahin gebracht habe, daß du hierhergekommen bist, muß ich mir auch selber dafür danken; wenn Ihr aber in Zukunft durch die Tat beweist, daß Ihr mich liebt, werde ich Euch und Amor dafür stets verpflichtet sein, und so bleibt mir nichts anderes zu sagen, als daß ich mich dir immer von neuem anbefehle.«

Nachdem der hochberühmte Fürst ihr dies mit süßen und liebreichen Worten versichert hatte, trennten sie sich glücklich und zufrieden; und wer wissen will, ob und wie diese Liebe fortdauerte, der stelle eine Untersuchung an.

Der Ragusaner Tobia verlustiert sich in Giovenazzo mit der Frau des Wirtes und bringt durch List den Gatten dazu, daß er sie ihm auf seiner Stute zum Schiff bringt. Nach Hause zurückgekehrt, findet der Wirt seine Frau nicht mehr und nachdem er lange Zeit über die Treulosigleit der Ragusaner gejammert, verheiratet er sich ein zweites Mal und lebt, ohne sich der verlorenen ersten Gattin zu erinnern, glücklich mit der gewonnenen zweiten.

*

Vergangenes Jahr war zu Giovenazzo ein Biedermann namens Tonto de Leo, der, vielleicht weil er sich und die Seinigen ohne viel körperliche Anstrengung ernähren wollte, eine Herberge am Marktplatz der Stadt aufgemacht hatte. Und da er ein schönes und gar anmutiges junges Geschöpf namens Lella zur Frau hatte, schien es, als sei vor seinem Gasthaus beständig freier Jahrmarkt, weil so viele zudringliche Schwärme von jungen Leuten ihr den Hof machten. Obwohl er äußerst eifersüchtig war, ertrug Tonto, da er als neuer Wirt ein Interesse daran hatte, auf großen Zulauf hinweisen zu können, diesen Zustand teils mit Wohlgefallen, teils mit Bedauern, wie die Eifersüchtigen es zu machen pflegen. Da geschah es, daß ein schmucker junger Kaufmann aus Ragusa, namens Tobia, der oft jene apulischen Küstenorte aufsuchte, zum Einkauf von Getreide für ein Schiff, das er in Monopoli gelassen hatte, nach Giovenazzo kam. Er war dort erst ganz kurz, als ihm von einigen Freunden von der Schönheit und dem gewinnenden Wesen der genannten Wirtin erzählt wurde, und auch daß derjenige, der Zeit und Geschick hätte, die Eroberung der Schönen zu betreiben, in jeder Beziehung auf seine Rechnung kommen würde.

Als Tobia dies hörte, quartierte er sich, begieriger, die Wirtin zu sehen, als gut untergebracht zu sein, bei unserem Tonto ein. In der Hoffnung auf einen nicht geringen Gewinn empfing ihn dieser nicht allein sehr erfreut, sondern ließ ihn auch durch seine Frau aufs zuvorkommendste bewillkommnen. Schon nach ganz wenigen

Tagen hatte er sich mit den Wirtsleuten angefreundet und sah sein Streben nach der Gunst der Wirtin vollkommen erfüllt. Da sie nicht weniger heftig in den Ragusaner verschossen war wie er in sie, sie andererseits erkannten, daß die außerordentliche Vorsicht des Gatten es ihnen nicht gestattete, einander nach Wunsch zu genießen, Tobia auch nicht mehr sehr lange verweilen konnte, und es ihm ferner vorkam, als sei es ein Fehler der Natur, daß eine so reizende junge Frau die Gattin eines Windbeutels und in diesem Wirtshaus als das Schwarze in der Scheibe allen Schüssen ausgesetzt sei, so beschloß er mit allen Mitteln auf ihre Entführung zu sinnen, um zu gleicher Zeit sich Befriedigung zu verschaffen, Lella die größte Freude zu bereiten und Tonto von seiner Sorge und Eifersucht zu befreien. Er fing daher an, mit der jungen Frau die Möglichkeiten zu besprechen; sie gingen auch mehrere Wege durch, aber obgleich einige davon ihnen ziemlich sicher zu sein schienen, meinten sie doch, daß der Wirt, sobald er seine Gattin vermißt hätte, so lange Lärm schlagen und keine Ruhe geben würde, bis er sie mit Hilfe seiner Freunde und Begünstigung durch die vielen Liebhaber seiner Frau wiederbekommen hätte. Er verfiel daher zuletzt auf eine ebenso lustige und schöne, wie seltsame und gewagte Entführungsart, durch die er all den vielen möglichen Unzuträglichkeiten vorzubeugen hoffte. Nachdem er also die junge Frau in alle Einzelheiten seines Planes eingeweiht und die Nachricht erhalten hatte, daß sein Schiff nur noch auf ihn warte, um den Anker zu lichten, rief er den Wirt und sagte zu ihm: »Mein lieber Tonto, da du mich in deinem Haus so geehrt und gut gepflegt hast, scheint es mir nicht mehr als billig, dir volles Vertrauen zu schenken und gegen reichliches Entgelt deine Hilfe für einen Freund in Anspruch zu nehmen, den ich im wahren Sinn des Wortes als mein anderes Ich betrachte. Es handelt sich um folgendes: ich beabsichtige mit Gottes Beistand morgen abzureisen, weil mein Schiff vollkommen segelfertig ist. Nun habe ich aber hier im Haus eines Bürgers einen jungen Venezianer verborgen, der seine Herren nicht ganz zufriedengestellt hat, und um ihn nicht in ihre Hände fallen zu lassen, habe ich beschlossen, ihn mit mir in die Levante zu nehmen. Da er jedoch mehrere Tage lang unter beständigem Fieber zu leiden hatte und so geschwächt ist, daß er sich nicht ohne Schaden auf einem Reittier fortbewegen könnte, habe ich folgenden Gedanken: Du bringst ihn – wofür ich dich reichlich von ihm bezahlen lasse – gemeinsam mit mir auf deiner Laststute diese Nacht als Frau verkleidet und das Gesicht so verhüllt, daß er beim passieren von Bari, wo er sehr bekannt ist, von niemand erkannt wird, bis nach Monopoli. Am nächsten Tage könntest du dann wieder heimkehren und hättest gut verdient und mir einen außerordentlichen Gefallen getan. Doch muß ich dir einschärfen, daß du mit keinem Menschen über diese Sache sprichst, nicht einmal mit deiner Frau; denn wenn sie für ihre Jugend auch sehr verschwiegen sein mag, so sind doch die Frauen von Natur wenig imstande, dicht zu halten, und reden, damit es ihnen niemals an Stoff mangle, von anderen mehr, als sie wissen; und wenn ihnen einmal ein Geheimnis anvertraut und eingeschärft wurde, es nicht weiterzusagen, so scheint es, als jucke sie das Fell so lange ganz unerträglich, bis sie es ausgeplaudert haben, und so geben sie es preis, auch wenn der größte Skandal daraus entstünde. Darum sei gescheit und laß nur mich allein um den Dienst wissen, den du mir leistest.«

Als Tonto dieses wohlausgesonnene Märchen hörte und erkannte, daß der geforderte Dienst ihn wenig Mühe koste, aber großen Vorteil bringe, antwortete er dem Fremden ohne weiteres, er stehe ganz zu seiner Verfügung, und Tobia möge sich keine Sorgen darum machen, daß er seiner Frau etwas davon sage, denn er pflege mit ihr nie außer über Angelegenheiten der Küche zu sprechen. Nachdem Tobia dann noch einige freundliche Worte mit dem Wirt gewechselt hatte, bezahlte er ihn reichlich und gab seiner Frau und dem Hausknecht, wie es bei den Kaufleuten, wenn sie weiterreisen, Sitte ist, einige kleine Trinkgelder; Tonto aber befahl seiner Frau, sich gegen Tagesanbruch in das Haus ihrer Mutter zu begeben und dort seine Rückkunft abzuwarten, übertrug dem Hausknecht mit den nötigen Weisungen die Besorgung des Hauses, und dann gingen sie zu Bett. Tobia, der so gut wie gar keine Lust zum Schlafen hatte, rief um

Mitternacht Tonto zu, er möge die Stute aufschirren; denn er wolle aufbrechen. Dieser erhob sich augenblicklich, machte das Pferd reisefertig, kehrte dann ins Haus zurück, um die Kammertür seiner Frau abzuschließen, übergab den Schlüssel dem Hausknecht und sagte ihm, er solle tun, was er ihm aufgetragen habe. Hierauf sagte er Lebewohl, ging zu Tobia und fragte ihn: »Was haben wir jetzt zu tun?« Dieser, der sich inzwischen in den Sattel geschwungen hatte, antwortete: »Begib dich mit der Stute zum Stadttor hinaus, ich werde losreiten und mir den jungen Venezianer auf die Kruppe setzen, und am Tor wollen wir ihn auf die Stute befördern.« »Sei es in Gottes Namen«, erwiderte Tonto und schlug den Weg nach dem Tor ein. Tobia ritt einmal durch den Ort und kehrte dann in die Herberge zurück. Er fand den Hausknecht ganz durchfroren und schlaftrunken bei einem kümmerlichen Feuerchen und sagte ihm, er habe den Mantelsack auf dem Kopfende des Bettes liegen gelassen. Der Hausknecht antwortete ihm schwerfällig und gähnend, er möge ihn sich holen. Tobia stieg daher hinauf, öffnete mit einem Dietrich, den er sich zu diesem Zweck angefertigt hatte, mühelos die Kammer der Wirtin, zog ihr in aller Eile ein anderes Gewand an, das er extra dafür mitgebracht hatte, setzte ihr einen Hut mit einer Regenkappe auf und richtete sie so her, daß kein Mensch auf der Welt sie erkannt hätte, setzte sie dann hinter sich auf den Sattel und ritt dorthin, wo Tonto ihn sehnsüchtig erwartete. Dort hoben die beiden sie auf die Stute und stützten sie gut ab, während der vermeintliche Venezianer so geschickt den Schwachen spielte, daß es schien, als könne er sich wirklich nicht im Sattel halten. Mit dieser listigen Täuschung machten sie sich auf den Weg. Als sie durch Bari kamen, wurde Tonto von einigen Leuten, die nicht viel zu tun hatten, gefragt, wer die Frau sein, und wohin er mit ihr wolle. Da er nicht ohne Witz war und seinem Freund einen aufrichtigen Gefallen erweisen wollte antwortete er: »Es ist meine Frau, ich bringe sie nach Tarent auf den Naschmarkt, um was mit ihr zu verdienen.«

Mit solchen und anderen witzigen Antworten zog er auf dem ganzen Weg alle auf, die ähnliche Fragen an ihn richteten. Als sie in Monopoli angelangt und das Schiff mit aufgewundenem Anker und nur noch des Ragusaners wartend gefunden hatten, befriedigte letzterer Tonto und dankte ihm überschwenglich für seine Bereitwilligkeit und Zuvorkommenheit.

Der aber wollte noch ein übriges tun, und wie er ihm die eigene Frau bis ans Gestade des Meeres gebracht hatte, so wollte er sie ihm auch lieb- und hilfreich an Bord bringen und ihm bis zuletzt seinen Beistand leihen. Schließlich nahmen sie strahlend voneinander Abschied, das Schiff setzte die Segel, und hocherfreut über den guten Gewinn schwang sich Tonto, der zu Fuß gekommen war, in den Sattel und ritt nach Hause. Dort angekommen, fand er, daß seine Frau den Herrn und die Gegend gewechselt hatte. Da beschlich ihn, freilich etwas spät, ein Quentchen Argwohn, und er legte sich zurecht, wie die Geschichte vor sich gegangen sein müsse. Da er jedoch nichts daran ändern konnte, weinte er seiner Lella viele Tage lang bitterlich nach. Endlich aber verheiratete er sich zum zweitenmal und gelobte feierlich, Zeit seines Lebens niemals wieder einen Ragusaner zu beherbergen. Und während er sich so vor einer zweiten Katastrophe hütete, genossen Tobia und Lella ihren Raub.

DIE BEIDEN FREUNDE

Zwei gute Freunde erkennen infolge seltsamen und unerwarteten Zufalls jeder die Frau des anderen fleischlich. Sie erfahren, was geschehen ist, und um ihre Freundschaft nicht in die Brüche gehen zu lassen, erklären sie ihre Frauen und ihren anderen Besitz als Gemeingut und genießen in Ruhe und Frieden gemeinsam ihr Leben.

*

Nicht weit von Salerno entfernt liegt ein wenig bekannter und noch weniger besuchter Ort. Obwohl dieser von ungebildetem und grobschlächtigem Volk bewohnt wird, lebten dort doch unlängst zwei junge Leute – der eine ein Müller namens Augustino, der andere ein Schuhmacher namens Petruccio –, zwischen denen von Kindesbeinen an eine so große Freundschaft und Gemeinsamkeit herrschte wie nur je zwischen wahren Freunden. Jeder von ihnen hatte eine junge und sehr hübsche Frau, und auch diese pflegten ständig so vertrauten Umgang miteinander, daß man selten oder nie die eine ohne die andere sah. Sie hatten schon lange in diesem herzlichen Einvernehmen gelebt, da geschah es, daß dem Schuhmacher, obwohl seine Gattin sehr schön war, die Frau des Freundes noch ein wenig mehr gefiel – vielleicht auch weil er einmal eine Abwechslung in seiner Kost wollte –, weshalb er eines Tages bei einer besonders günstigen Plaudergelegenheit der Müllerin auf schickliche Art seine Liebe und sein Verlangen entdeckte. Als Caterina – so hieß die Müllerin – sein Ansinnen vernommen hatte, ließ sie ihn, obwohl sie nicht gerade traurig darüber war, ohne Antwort unwillig stehen; und sowie sie wieder mit Salvaggia, der Frau des Schusters, zusammentraf, erzählte sie ihr, wie ihr Petruccio sie zum Zweikampf herausgefordert habe. Die Schuhmachersfrau empfand bei dieser Eröffnung den größten Zorn, aber sie beherrschte sich und beschloß, Rache an ihrem Gatten zu nehmen, doch so, daß die so lang andauernde Freundschaft unter keinen Umständen in die Brüche ginge. Sie dankte also der teuren Freundin vielmals und bat sie, ihrem Gatten zu versprechen, sie wolle ihn in einer näher zu bestimmenden Nacht in ihrem Bett erwarten, um dann sie an ihrer Stelle hineinzulegen, was einen Hauptspaß geben werde.

Mit Freuden bereit, ihr einen Gefallen zu tun, erklärte sich die Müllerin damit einverstanden. Als Petruccio sich einige Tage darauf wieder mit Caterina allein sah, wiederholte er seine Bitte, und noch dringender als das erstemal. Darauf bedacht, das Komplott in die Tat umzusetzen, tat sie, nachdem sie sich mehrmals, aber nicht sehr entschieden geweigert hatte, als wolle sie sich seinen Wünschen fügen. Als es sich nun um das Wann, Wo und Wie handelte, sagte die junge Frau zu dem Schuster: »Ich habe keine andere Möglichkeit, als wenn mein Mann nachts auf der Mühle beschäftigt ist, da könnte ich dich in meinem eigenen Bett empfangen.«

Strahlend erwiderte Petruccio: »Ich komme eben von der Mühle, es lagert dort so viel Korn, daß mindestens zwei Drittel der Nacht darüber hingehen, ehe es fertiggemahlen ist.« »Gut denn in Gottes Namen!« sagte darauf Caterina, »komm also zwischen der zweiten und dritten Nachtstunde, ich erwarte dich und lasse die Tür so, wie ich sie, du weißt es ja, für meinen Gatten zu lassen pflege, und du schlüpfe ins Bett, ohne einen Laut von dir zu geben. Aber sag', wie machst du es mit deiner Frau, vor der ich mich mehr fürchte als vor dem Tod?«

»Ich habe eben beschlossen«, antwortete Petruccio, »mir den Esel vom Gevatter Erzpriester borgen zu lassen, und werde der Selvaggia sagen, ich wolle über Land reiten.« »Das ist recht«, entgegnete Caterina.

Als sie so alles abgemacht hatten, ging Petruccio zur Mühle, um sich zu versichern, daß sein Freund beschäftigt sei, während Caterina inzwischen ihre Freundin von der Verabredung mit ihrem Gatten unterrichtete. Nachdem Petruccio den Müller in der gewohnten Weise auf seiner Mühle beschäftigt gefunden hatte, kehrte er nach Hause zurück, tat als habe er große Eile, und erklärte seiner Frau, er wolle sofort aufbrechen, um in Policastro Leder für sein Geschäft einzukaufen. Die Frau, die wohl wußte, wo dieses Policastro lag, sagte: »Geh mit Gott!«, innerlich lachend aber setzte sie hinzu: »diesmal sollst du aber dein eigenes und nicht das Leder anderer Leute kaufen!«

Nachdem Petruccio so getan hatte, als breche er auf, verbarg er sich in einem gewissen Winkel des Dorfes und verharrte dort in Erwartung der ersehnten Stunde. Caterina ging, als es Nacht geworden war, in das Haus Selvaggias und blieb dort der Verabredung gemäß, während Selvaggia Caterinas Haus aufsuchte. Ins Bett geschlüpft, erwartete sie dort vergnügt ihren Gatten zur ersehnten Schlacht und wiederholte bei sich mehrmals, was sie ihm nach der Tat zu sagen beabsichtigte. Als es Petruccio an der Zeit schien, schlenderte er auf das Haus seines Freundes zu, und als er eben im Begriff war, einzutreten, hörte und sah er, daß der Müller heimkehrte, weil die Mühle wider Erwarten Schaden genommen hatte, so daß es für diese Nacht unmöglich war, zu arbeiten. Erschreckt und mißvergnügt machte sich Petruccio daher auf den Heimweg, ohne daß er gesehen oder gehört worden war, und sagte bei sich selbst: »Was heute nicht gelang, wird ein andermal gelingen.« Um aber nicht die ganze Nacht vertan zu haben, fing er an, an seine Haustür zu pochen, zuerst leise, dann lauter und seiner Frau zuzurufen, sie möge ihm öffnen. Caterina, die ihn an der Stimme erkannte, öffnete ihm nicht nur nicht, sondern verhielt sich, ohne ihm zu antworten, mäuschenstill, damit er den Betrug nicht merke. Ein wenig ärgerlich bemühte er sich so lange, bis er die Tür aufbrachte, worauf er eintrat und direkt zum Bett hinging. Als er die tiefen Atemzüge der angeblich Schlafenden vernahm, weckte er sie auf, indem er sie am Arm zog, und da er glaubte, es sei seine Frau, erfand er irgendwelche Märchen über den Grund seiner vorzeitigen Rückkehr. Dann entkleidete er sich und legte sich neben sie. Da er sich auf das erwartete Scharmützel vorbereitet hatte, beschloß er, nachdem er den fremden Grund nicht hatte furchen können, den Samen in seinen eigenen zu senken, und schlang, überzeugt, seine Selvaggia zu beglücken, seine Arme um Caterina und beutelte sie tüchtig durch, was die Arme, um ihn glauben zu machen, sie sei seine Frau, mit Vergnügen und Geduld ertrug. Der Müller, der abgespannt und müde heimgekehrt war, legte sich in sein Bett, um zu schlafen, und lag ruhig da, ohne ein Wort zu sprechen. Selvaggia aber, die fest glaubte, es sei ihr Gatte, empfing ihn vergnügt, aber ohne einen Ton von sich zu geben. Nachdem sie ein Weilchen gewartet hatte und merkte, daß der Liebhaber ihr kein Zeichen zur Schlacht gab, fing sie an, um bei diesem Handel nicht die Betrogene und Gefoppte zu sein, ihn zu betasten. Obgleich der Müller, der glaubte, er liege bei seiner Frau, mehr Bedürfnis nach Schlaf als Lust zum Scharmützeln hatte, gab er, als er fühlte, daß man ihn reizte und mit ihm schäkerte, zur Arbeit gezwungen, mehrmals Wasser auf die Mühle, die nicht die seine war. Wie es nun der Schustersfrau an der Zeit schien, ihrem Zorn freien Lauf zu lassen, brach sie das Schweigen und sagte: »Ha, du Verräter, du treuloser Hund, wen hast du in deinen Armen zu halten geglaubt? Die Frau deines vielgeliebten Freundes? Im Glauben, seinen Grund zu beackern, hast du ihn, vermutlich, um ihm die Freundschaft zu halten, mehr als gewöhnlich bearbeitet und dich stark und feurig gezeigt, während du zu Hause keine Puste zu haben scheinst. Aber diesmal ist es dir Gott sei Dank mißglückt, trotzdem werde ich dafür sorgen, daß du die verdiente Strafe für dein Vergehen erhältst.« Mit solchen und noch härteren Worten schalt sie auf ihn ein und setzte ihm zu, daß er sich verantworte. Der arme Müller, der bei dieser Eröffnung verstummt war, erkannte an dem Klang der Worte, daß er die Frau seines geliebten Freundes vor sich hatte, und begriff auch sogleich, wie die Geschichte zusammenhing. Infolgedessen verwandelte sich ihm die genossene Lust alsbald in Betrübnis, und beharrlich schweigend erhob er sich von ihrer Seite. Obwohl es noch nicht Tag war, eilte er dorthin, wo er seine Frau vermutete, und rief seinen Freund an, er möge herauskommen; denn er habe ihm etwas Wichtiges zu sagen. Und als dieser, Schlimmes ahnend, herausgekommen war, sprach er zu ihm: »Mein lieber Bruder, durch deine Schuld allein sind wir beide in Schaden und Schande gefallen und haben etwas getan, worüber zu schweigen ehrbarer ist, als zu reden, und über das Zank anzufangen nicht not tut.« Und mit dem größten Bedauern erzählte er ihm die ganze Geschichte, wie sie sich zugetragen hatte, und fügte hinzu, wenn das

Schicksal der List und Tücke ihrer Frauen günstig gewesen sei, so schiene ihm, daß sie selbst einander nicht feindlich sein und ihre so lange Jahre hindurch fortgesetzte Freundschaft nicht erschüttern wollten. Deshalb solle doch das, was durch Täuschung einmal geschehen sei, für die Zukunft als Sühne der bedauerlichen Irrung unter allgemeiner Zustimmung und zur Freude aller vier Beteiligten so bleiben, und wie sie in der Vergangenheit alle ihre Güter gemeinsam gehabt hätten, wollten sie von nun an auch mit ihren Frauen Gütergemeinschaft machen. Als Petruccio von seinem geliebten Freund hörte, daß er sich mit der verlustiert habe, die er so heiß liebte, und dem friedlichen Schluß seiner Rede entnahm, daß sich alles in Wohlgefallen auflöste, dachte er bei sich, daß es ihm sehr viel lieber sei, sich den Freund zu erhalten, den er durch seine Verfehlung eigentlich hätte verlieren sollen, als die Ehre vor der Welt (die, wie man heute deutlich sieht, nicht allein wie etwas Geringwertiges verkauft, sondern sogar wie eine ganz gemeine Ware ausgetauscht wird); daher erklärte er sich heiteren Antlitzes zu dem bereit, was der Müller zu ihrer aller Annehmlichkeit und zu ihrem dauernden Frieden ausgesonnen hatte.

Und so riefen sie der Caterina zu, sie brauche nicht davonlaufen; denn sie sei nicht allein die Betrogene, sie solle vielmehr die Selvaggia holen. Als sie alle vier zusammen waren, erfuhren die Frauen, wozu ihr Betrug geführt hatte, und was im Interesse der heiligen Freundschaft, der Ruhe und des Friedens zwischen den Männern dekretiert und abgemacht worden war. Und alle waren aus verschiedenen Gründen außerordentlich damit zufrieden.

Und so kannten die beiden Freunde von da ab weder in bezug auf ihre Frauen noch auf irgendein anderes Besitzstück irgendwelche Trennung, und die Sache gedieh so weit, daß nur noch die Kinder sich unter ihren Müttern auskannten.

DAS TEURE FISCHESSEN

Der in die Frau eines Schiffers verliebte Antonio Moro läßt sich von diesem selbst, der durch eine List getäuscht wird, zu dessen Frau rudern und genießt sie; ein anderes Mal nimmt er sie in der Barke mit und läßt den Gatten, ohne daß dieser weiß, wer sie ist, bei ihr liegen. Dieser gibt ihm dafür ein Mittagessen. Die Geschichte kommt heraus: Der Schiffer verläßt aus Scham Venedig, und Antonio genießt ganz offen in aller Sicherheit die Gattin.

*

In der wunderbaren und großmächtigen Stadt Venedig lebte vor nicht langer Zeit ein Edelmann aus altem und vornehmem Geschlecht, jung und wohlgesittet und voll von lustigen Einfällen, namens Antonio Moro, der hier im Königreich mit mir eine enge Freundschaft geschlossen hatte. Dieser erzählte mir unter anderem bei unseren lustigen Gesprächen die nachfolgende wörtlich wahre Geschichte, die ihm selbst begegnet war.

Als dieser Antonio, von dem ich spreche, eines Tages mit einem vertrauten Freund in einer kleinen Barke, wie sie dort gebräuchlich sind, durch Venedig spazierenfuhr und einen Kanal nach dem anderen durchglitt, fiel sein Blick auf eine anmutige schöne junge Frau, vielleicht eine Florentinerin aus Zara, die Gattin eines slavonischen Fischers namens Marco von Cursola, der mehrmals als Matrose auf einem großen Schiff gefahren war, mit dem Antonio, dem es gehörte, schon viele Gewässer durchfurcht hatte. Da sie ihm über die Maßen gut gefiel, schickte er, um die Sache nicht lange aufzuschieben, eine wohlerfahrene Alte zu ihr, die mit der jungen Frau sehr vertraut war.

Da dieser die Botschaft nicht weniger gefiel, als der Absender derselben ihr tags zuvor gefallen hatte, antwortete sie, um die angenehme Botin nicht lange aufzuhalten, sie für ihre Person sei bereit, ihn zu befriedigen, es schiene ihr aber nahezu unmöglich, dies auf irgendeine Weise zur Ausführung zu bringen, da ihr Mann sie nachts nie allein lasse und sie ihn untertags nicht bei sich empfangen könne, weil die Gasse, in der sie wohne, so dicht bevölkert sei, daß nicht einmal ein Vogel hineinfliegen könnte, ohne von vielen gesehen zu werden.

Als Antonio die Antwort der jungen Frau vernommen hatte, schien ihm ein großer Teil der Arbeit schon getan zu sein, und was den Rest anlangt, so half ihm ein plötzlicher guter Einfall, ihn zu überwinden. Er ließ sie also von allem, was er tun wollte, genau unterrichten und, als es ihm an der Zeit schien, Marco in sein Haus rufen. Nachdem er ihn auf die gewohnte Weise freundlich empfangen und wie mit seinesgleichen mit ihm gesprochen hatte, bat er ihn, er möchte ihn abends mit seiner Barke an einen Ort fahren, wo eine Edeldame seiner wartete, um ihm ihre Liebe zu schenken.

Marco, der darauf brannte, ihm einen Dienst zu leisten, antwortete sogleich, er sei dazu bereit, ließ sich den Zeitpunkt nennen und kehrte nach Hause zurück. Als es Nacht geworden war, schloß er vorsichtshalber seine Frau ein und begab sich zu Antonios Haus. Da es bereits Zeit war aufzubrechen, bestiegen sie die Barke, und er fuhr Antonio mit einem Ruder, wie es dort üblich, zu dem Kanal, den er ihm genannt hatte, und an dem die alte Botin wohnte, deren Haus auf die entgegengesetzte Seite des anderen Kanals hinausging, an dem Marco sein Haus gemietet hatte; zu dessen Erreichung auf dem Wasserweg hätte man jedoch einen großen Umweg machen müssen, während man zu Lande durch das Haus der Alten und andere Häuser, deren Besitzer Antonio bestochen hatte, leicht und schnell hingelangen konnte.

Als sie angekommen waren, sagte Antonio: »Warte auf mich, lieber Marco, ich werde sehr schnell zurück sein.« Damit ging er in das Haus der Alten, die ihn bereits erwartete und mit großer Freude empfing und ihm den schon ausgekundschafteten Weg zeigte, den er gehen mußte. In kurzer Zeit hatte er die Haustür der jungen Frau erreicht, und obwohl sie mit einem sehr starken Schloß versehen war, gelang es ihm doch, sie mit Hilfe einiger Dietriche, die er zu diesem Zweck bei sich trug, sofort zu öffnen. Von der Frau, die ihn freudig erwartete, herzlich empfangen, gaben sie sich restlos und lustvoll der Erfüllung ihrer Liebe hin.

Und nachdem sie alle nötigen Verabredungen getroffen hatten, um sich fernerhin genießen zu können, kehrte er auf demselben Weg zu der Barke zurück, in der Marco ohne Argwohn schlafend auf ihn wartete. Nachdem er aufgewacht war, ihn in die Barke aufgenommen und die Richtung auf Antonios Haus eingeschlagen hatte, fragte er ihn, ob er seine Absicht erreicht habe.

»Ja freilich«, antwortete ihm Antonio, »und gar gut, und ich sage Dir, lieber Marco, daß ich mich nicht erinnere, je bei einer Frau ähnliche Wollust empfunden zu haben; denn abgesehen von ihrer Jugend und Schönheit war sie von solcher Gefälligkeit zu mir, daß ich nicht begreife, wie ich mich von ihr habe trennen können.«

»Ich zweifle nicht«, entgegnete darauf Marco, »daß Ihr mit großem Vergnügen in den Hafen eingelaufen seid, während ich hier im Warten mehrmals den Mast aufgerichtet habe, ohne jedoch unter Segel zu gehen; denn ich kann Euch sagen, daß ich, während ich an die Lust dachte, die Ihr, mein lieber Herr, Euch mit Eurer Dame machtet, ein so starkes Begehren und Verlangen in mir erwachen fühlte, daß ich mehrmals drauf und dran war, das Ruder zu ergreifen, und schnell nach Hause zu fahren, um meiner Frau eins zu versetzen. Und ich hätte es sicher getan, hättet ihr nicht gesagt, Ihr würdet bald zurückkehren, und wenn ihr zurückgekehrt wäret und hättet mich nicht gefunden, so hätte daraus nur ein großes Ärgernis entstehen können.«

Als Antonio diese Worte vernahm, empfand er, obwohl er aller Sorge ledig war, keine geringe Furcht im Gedanken an die Gefahr, der er entgangen war, und beschloß alsbald, den Unzuträglichkeiten, die ein anderes Mal eintreten könnten, durch einen Ausweg vorzubeugen, der spaßhafter war als der eben erzählte. Lachend sagte er daher: »Lieber Marco, ich wußte gar nicht, daß Du eine Frau hast, sonst hätte ich dir gesagt, du solltest zu Ihr gehen, und wir hätten uns zu einer bestimmten Stunde an dem verabredeten Ort wiedergetroffen.«

»Ihr wußtet also nicht, daß ich eine Frau genommen habe, die jung und sehr schön ist?« fragte Marco.

»Nein, ich wußte es nicht«, erwiderte Antonio, »aber die Gattinnen, so schön sie auch sein mögen, hält man sich zum Hausproviant, damit sie immer, wenn wir nach ihnen verlangen, zu unserer Verfügung stehen, und darum ist man ständig darauf aus, neue Beute zu machen. Doch da es heute nun einmal so gekommen ist, ist nichts daran zu ändern, aber morgen abend hoffe ich meine Liebste mit ihrer Freundin, die nicht weniger schön ist als sie, in der Barke spazieren zu fahren, und die letztere wird sicher ein leckerer Bissen für Dich sein.«

Marco entgegnete hocherfreut, er sei bereit, wacker seinen Mann zu stehen. Damit erreichten sie Antonios Haus, und als Marco ihn abgesetzt hatte und heimgekehrt war, umarmte er seine Frau und vervollständigte das, was der Liebhaber in seiner furchtsamen Hast versäumt hatte.

Am anderen Morgen benachrichtigte Antonio frühzeitig die junge Frau von dem, was er mit Anbruch der Nacht zu tun beabsichtigte, und schickte zur gewohnten Stunde nach Marco. Dieser stattete seine Gondel mit Teppichen und Tüchern aus Baumwolle aus und errichtete im Vorderschiff eine geschlossene Abteilung nach Art eines Zeltes, worauf sie sich auf den Weg machten.

An der gleichen Stelle wie tags zuvor ließ Antonio Marco warten und sagte ihm, er werde sofort mit den versprochenen Damen zurückkehren; hierauf begab er sich zu der jungen Frau, öffnete das Schloß wie das erstemal und erzählte ihr, als er bei ihr war, von der Gefahr, die ihnen gedroht hatte, welcher er heute auf die Art, von der er sie habe in Kenntnis setzen lassen, vorbeugen wolle. Sie zog darauf rasch ein seidenes Obergewand an, das er ihr tags zuvor geschickt hatte, verschleierte sich so, daß ihr Gatte sie unmöglich erkennen konnte, und begab sich mit ihrem Antonio zu der Barke.

Als Marco bei seinem Herrn nur eine einzige Dame sah, fragte er ihn, wo denn die für ihn bestimmte wäre, worauf Antonio ihm zur Antwort gab, sie sei diesmal aus einem triftigen Grunde nicht mitgekommen. »Dennoch«, sagte er, »will ich heute abend nichts vor dir voraus haben; denn wenn diese hier, die ich mitgebracht habe, in guten Händen ist, wird sie für dich und mich mehr als genug sein. Wenn ich mein Vergnügen mit ihr gehabt habe, überlasse ich sie dir und du wirst gewiß reichlich dein

Genügen an ihr finden; und obgleich ich deine Frau nicht kenne, bin ich überzeugt, daß diese hier nicht weniger jung und schön und fein ist wie sie.«

»Das glaube ich schon«, entgegnete Marco, »aber ich könnte es nicht übers Herz bringen, euch irgendwie ins Gehege zu kommen.«

»Ich erkenne dich ja gar nicht wieder«, antwortete ihm Antonio, »wenn ich es nicht gern täte, so hätte ich es dir nicht angeboten, und du würdest dir auch nicht herausnehmen, es zu tun; darum bereite dich vor; denn ich will, daß du es tust; es soll dich nichts weiter kosten als ein Fischessen, das ich am nächsten Samstag einigen Freunden geben will.«

Marco blieb dabei, die Einladung abzulehnen, während Antonio darauf bestand, daß er sie annehme, schließlich aber willigte er ein und versprach das verlangte Fischessen, um teil an seiner eigenen Ware zu haben. Er machte also die Gondel fest, ergriff die Harfe seines Herrn und begann eine eigenartige Weise zu spielen, während Antonio sich mit der jungen Frau unter das Zeltdach begab, und sie zu den lieblichen Klängen dieser Musik die gelungensten trevisaner Tänze tanzten. Als sie fertig waren, rief er Marco und sagte leise zu ihm: »Nimm nun deinen Anteil an unserem Fang, aber hüte dich davor, herausbringen zu wollen, wer sie ist, denn sie stammt aus einer ehrenwerten Familie, und nur mit großer Schwierigkeit habe ich sie überreden können, indem ich zu verstehen gab, du seist ein Neffe unseres Dogen.«

»Darum kümmere ich mich am wenigsten«, antwortete Marco, »ich will mich ja nicht mit ihr verheiraten!« Damit ging er sehr bereitwillig zu ihr und als er sie ganz und gar von süßen Wohlgerüchten duftend fand, machte er, ohne sich um das übrige zu kümmern, noch darum, daß sie ihn nicht gerade erfreut empfing, sein Geschäft auf slavonische Weise ab, kehrte dann gleich wieder zu seinem Herrn zurück und sagte zu ihm: »Ich habe ihr Gesicht nicht sehen können, aber was alles andere betrifft, so war es mir gerade, als läge ich bei meiner eigenen Frau, so viel Ähnlichkeit hat sie mit ihr im Fleisch und im Duft; deshalb stehe ich Euch nicht nur mit dem Fischessen, sondern mit allem, was ich habe, zu Befehl.«

Antonio, der darüber die größte Freude zeigte, brachte die junge Frau wieder dorthin zurück, wo er sie hergeholt hatte, und sie lachten beide so gewaltig darüber, daß sie Marco aus einem Hammel wieder zum Bock hatten werden lassen, daß sie sich kaum auf den Füßen halten konnten. Nachdem sie die nötige Verabredung getroffen hatten, um sich wieder zu genießen, kehrte Antonio zu Marco zurück, der ihn freudestrahlend erwartete. Nachdem er ihn nach Hause gebracht hatte, fuhr Marco zu seiner Frau heim. Diese tat, als sei sie über sein langes Ausbleiben sehr erzürnt, und es gelang ihm nicht, sie in dieser Nacht zu versöhnen.

Als der nächste Samstag gekommten war, richtete Marco in Antonios Hause ein Fischessen an, das sich sehen lassen konnte. Da Antonio so viel Spaß nicht ohne Gefährten haben wollte, rief er eine Anzahl Freunde, weihte sie in den Betrug, den er Marco vorgespielt hatte, ein und genoß dann mit ihnen und Marco das von dem Fischer auf seine Kosten gerichtete Mahl. Während des Essens ließen sie es nicht an Scherzreden, Witzen und Anspielungen fehlen, und jeder für sich und alle zusammen ergingen sich Marco gegenüber in so vielen Anzüglichkeiten und versteckten und offenen Anspielungen, daß er sie verstanden hätte, selbst wenn er ein Stück Holz gewesen wäre. Und obwohl dies Antonio peinlich war und er sich die größte Mühe gab, sie durch Worte und Winke zum Schweigen zu bringen, waren sie doch so sehr von der Komik des Streiches hingerissen, daß selbst der Doge ihnen nicht hätte Schweigen gebieten können.

Da nun Antonio merkte, daß Marco, weil er das Ganze klar durchschaut hatte, Schlimmes gegen seine Frau im Schild führte, schickte er sofort in aller Heimlichkeit zu ihr und ließ sie fortbringen. Als Marco dann heimgekehrt war und seine Frau nicht vorgefunden hatte, schmerzte ihn das über die Maßen; er räumte das Haus und ging nach Cursola zurück. Die junge Frau aber blieb in Venedig und genoß mit ihrem Antonio ihre blühende Jugend.

Zwei französische Edelleute verlieben sich in zwei florentiner Schwestern, sehen sich aber gezwungen, nach Frankreich zurückzukehren. Die eine der beiden Schwestern bringt die beiden auf sinnreiche Weise mittels eines falschen Diamanten zur Rückkehr nach Florenz, und sie genießen schließlich auf seltsame Weise die ersehnten Früchte ihrer Liebe.

*

Zur Zeit, da der Herzog René von Anjou, der mit dem göttlichen Fürsten, dem König Don Alfonso, in der Erhaltung der Ruhe und des Friedens, in der Macht und an Klugheit wetteiferte, aus Neapel und dem Königreiche verjagt wurde, gefiel es ihm, sich für eine gewisse Zeit in Florenz niederzulassen. Dorthin folgten ihm, unter den anderen Franzosen, die ihn nach einem so großen Verlust und Schiffbruch begleitet hatten, auch zwei tapfere und treffliche Ritter, von denen der eine Philippe de Lincourt und der andere Charles d'Amboise hieß. Obgleich diese sehr klug und im Besitz vieler Tugenden waren, waren sie doch jung und ganz auf Liebe eingestellt und überließen das Leid über den Verlust und die Gedanken daran demjenigen, den sie zunächst angingen, nämlich dem Herzog.

Als sie nun fast täglich durch die Straßen von Florenz ritten, geschah es, daß Philippe sich in eine anmutige und sehr schöne junge Frau verliebte, die aus vornehmer Familie stammte und die Gattin eines hochgeachteten Bürgers war.

Während er nun unausgesetzt bemüht war, seinen Liebeshandel zu fördern, begab es sich, daß Charles in einem anderen Teile der Stadt von Zuneigung zu der Schwester der Geliebten Philippes ergriffen wurde, die unverheiratet im väterlichen Haus lebte. Ohne um diese Verwandtschaft zu wissen, beschloß er, obgleich sie ihm überaus schön erschien, sie gemäßigt zu lieben; denn da er in den Liebeskämpfen wohl erfahren war, wußte er, daß die jungen Mädchen nur leichthin und mit geringer Beständigkeit zu lieben pflegen.

Philippe hingegen, welcher fand, daß seine Dame klug und verständig war, beschloß, sie rückhaltlos und innig zu lieben. Der jungen Frau entging dies nicht, und sie nahm sich vor, in Anbetracht der vielen liebenswürdigen Eigenschaften des Edelmannes, seine Liebe ebenso innig zu erwidern, und sie begann ihn auf eine Art mit ihrer Gunst zu bedenken, daß es ihm schien, als ob sie allein auf der Welt zu lieben verstehe; und sicherlich hätte sie ihn die letzten Früchte der Liebe zu ihrer beiderseitigen Freude kosten lassen, wenn die beständige Anwesenheit des Gatten in der Stadt und im Haus es ihr nicht unmöglich gemacht hätte. Da sie ihn von ihrem festen Entschluß durch Briefe sowohl wie durch Botschaften unterrichtet hatte, gab es nichts, was von ihnen mit so heißer Sehnsucht erwartet wurde, wie der Aufbruch des Gatten nach Flandern, wohin er mit den Galeeren, die jeden Augenblick in Pisa eintreffen mußten, reisen wollte. Während sie also in dieser angenehmen Erwartung lebten, sah sich der Herzog René genötigt, nach Frankreich zurückzukehren. Diese Abreise wurde von beiden Rittern bitter empfunden und am meisten von dem, der mit größerer Leidenschaft geliebt wurde. Dennoch reisten sie, von der Notwendigkeit gezwungen, in den Netzen der Liebe verstrickt wie sie waren, ab, doch versprach Philippe seiner Dame, keine noch so wichtige Angelegenheit werde ihn daran hindern, bald wieder zurückzukehren und sie als treuer Liebhaber, was auch geschehen möge, nie zu verlassen. Nachdem er sie noch mit vielen anderen Worten liebevoll getröstet hatte, machten sich die beiden Edelleute auf die Reise, und als sie mit dem genannten Fürsten nach Frankreich gekommen waren, geschah es im Lauf der Zeit, daß Philippe, sei es, daß eine neue Liebe oder die Beschäftigung mit wichtigen Dingen der Grund waren, sich zwar seiner zurückgelassenen Geliebten erinnerte, die heiße Liebesglut aber allmählich derart erlosch, daß er bald nicht allein die versprochene Rückkehr vergessen hatte, sondern auf die zahlreichen, von seiner Dame gesandten Briefe selten oder nie eine Antwort folgen ließ.

Als daher die Dame erkannte, daß sie von ihrem leidenschaftlichen Geliebten fast gänzlich verlassen worden sei, bemächtigte sich ihrer ein solcher Schmerz, daß sie nahe daran war, den Verstand zu verlieren. Als sie aber dann an die vollkommene Tugend des Ritters dachte, konnte sie nicht daran glauben, daß in einem edlen Herzen so viel Grausamkeit wohne, und so beschloß sie, sich der letzten Worte erinnernd, die er ihr geschrieben und durch ihren treuen Boten hatte sagen lassen, dem Geliebten auf eine neue und sinnreiche Weise das Gewissen zu schärfen und damit die letzte Probe auf seine Liebe zu machen. Sie ließ also sofort von einem hervorragenden Meister einen feinziselierten Ring aus Gold anfertigen und darin einen nachgemachten Diamanten so fassen, daß seine Unechtheit deutlich erkennbar war, und auf den genannten Ring ließ sie ringsum einige Buchstaben eingraben, die nichts weiter sagten als die Worte: *lama sabatani**. Diesen Ring wickelte sie sorgfältig in mehrere Hüllen von feinstem Kammertuch und übergab sie einem jungen Florentiner, der um die Sache wußte und in Geschäften nach Frankreich reiste, mit der ausdrücklichen Weisung, Philippe denselben unter vier Augen zu geben und nichts weiter zu ihm zu sagen als: »Die, so dich über alles liebt, schickt dir dies und bittet dich inständig, daß du sie einer geziemenden Antwort würdigest.«

Als der Abgesandte mit der Botschaft zu Philippe kam, wurde er von ihm freundlich empfangen, und nachdem er voll Erstaunen die Art des Ringes und die Inschrift gelesen hatte, zerbrach er sich mehrere Tage lang über die Bedeutung den Kopf, und da er nicht auf den wahren Sinn zu kommen vermochte, beschloß er, ihn seinem Freunde Charles und mehreren anderen Rittern am Hof des Königs von Frankreich zu zeigen. Diese strengten jeder für sich und alle zusammen ihren Verstand an, aber keiner wußte ins Schwarze zu treffen. Zuletzt aber wurde die Bedeutung des Ringes von dem Herzog Jean, der ein sehr kluger Herr und viel weiser im Beraten anderer war als darin, seine vielen Unternehmungen siegreich zu Ende zu bringen, gleich auf den ersten Blick so verstanden, wie sie wirklich gemeint war: *»Falscher Diamant, warum hast du mich verlassen?«*

* Die Worte Christi am Kreuz: »Warum hast du mich verlassen?«

Als Philippe dies hörte, erkannte er, daß die Dame ihm mit großer Klugheit und mit Recht seine falsche Liebe vorgeworfen habe, und beschloß, durch eine und dieselbe Handlung sowohl auf den fein ersonnenen Wink zu antworten, als auch gleichzeitig seine große Liebesschuld abzutragen. Und da er die Sache nicht lange aufschieben wollte, bat er seinen treuen und um alles wissenden Genossen Charles und beschwor ihn bei ihrer alten Freundschaft, ihn zu diesem Zwecke nach Florenz zu begleiten. Dieser erklärte sich, obgleich es ihn hart ankam, um den Wunsch seines engen Freundes zu erfüllen, und weil er dachte, er könne so auch sich selbst und das von ihm gern gesehene Mädchen befriedigen, ohne einen Einwand zu machen, einverstanden.

Die beiden Freunde machten sich also auf die Reise, und als sie nach gebührender Zeit in Florenz eingetroffen waren, gingen sie, sobald die Umstände es erlaubten, vor den Häusern ihrer Damen auf und ab und gaben ihre Rückkehr zu erkennen. Bald darauf ließ Philippe durch den gewohnten Boten seiner Dame sagen, er habe zur Genüge verstanden, was sie mit dem Ring habe bedeuten wollen, und nur durch das Zeugnis seiner Rückkehr den Beweis für die Unrichtigkeit ihrer Meinung von ihm erbringen können; es sei nunmehr an ihr, ihm Gelegenheit zu einer vollständigen Aussprache zu geben.

Die Edeldame, die sich, ebenso wie ihre Schwester, ungemein über die Rückkehr der beiden Ritter gefreut und mit ihr verabredet hatte, was sie tun wollten, war, als sie die herzliche und von Liebe gewürzte Botschaft hörte, so selig, daß es ihr vorkam, als müsse sie auf sich selber neidisch sein; und um nicht noch mehr Zeit zu verlieren, als schon verloren war, ließ sie ihm kurz antworten, er möchte sich am folgenden Abend mit seinem Genossen vor dem Tor ihres Hauses einfinden.

Als daraufhin Philippe mit seinem Charles, wie es ihm an der Zeit zu sein schien, voller Freude an den bezeichneten Ort kam, fanden sie die Dame, die sie froh erwartete. Und nachdem sie ihnen durch eine treue Magd hatte öffnen lassen und sie eingetreten waren, ließ sie ihnen durch dieselbe sagen, da es doch nicht anders zu machen sei, müsse Charles sich unbedingt, solange sie sich mit

Philippe der Liebe hingebe, nackt an die Seite ihres Gatten ins Bett legen, damit dieser, wenn er während der Nacht aufwache und neben sich fühle, glaube, es sei seine Frau, sonst liefe ihre Ehre und ihr Leben Gefahr. Sie bitte daher, diesen guten Ausweg zu beschreiten oder sich zum Umkehren zu entschließen.

Als Charles dieses Ansinnen vernahm, schien es ihm doch, obgleich er für seinen Freund bis zur Hölle gegangen wäre, daß seine Ehre außerordentlich zu Schaden käme, wenn es das Unglück wolle, daß er dort nackt gefunden werde. Er weigerte sich durchaus, sich unbekleidet ins Bett zu legen, erklärte sich aber gerne bereit, es angezogen mit dem Degen in der Hand zu tun.

Als Philippe, der aus Frankreich zurückgekehrt war, um Aufnahme in den Armen seiner Dame zu finden, sich in dieser Klemme sah, und es ihm schien, als habe sein Genosse recht und als sei das Verlangen der Dame nur ein Vorwand, versuchte er wiederholt, sie davon abzubringen; da er jedoch sah, daß sie fest auf ihrem Entschluß beharrte, bat er schließlich, mehr als je von Liebe entflammt, Charles mit Tränen in den Augen, er möge, bei den Banden ihrer Freundschaft, durch Erfüllung ihrer Bitte, wiewohl sie unschicklich sei, die Dame und ihn zufriedenstellen.

Da Charles erkannte, wie tief die Leidenschaft seines Freundes und wie weit die Sache gediehen war, beschloß er, wenn es nötig sein sollte, eher zu sterben, als ihn in irgendeiner Weise im Stich zu lassen. Daraufhin nahm ihn die Magd bei der Hand und führte ihn im Dunkeln zu der Dame. Diese empfing ihn freundlich, führte ihn in ihre Schlafkammer und ließ ihn sich nackt ausziehen, worauf er sich mit dem Degen in der Hand ins Bett legte. Nachdem sie ihn leise zur Geduld ermahnt und versprochen hatte, sie werde sehr bald zurückkommen und ihn befreien, kam sie voller Freude zu ihrem Philippe und ging mit ihm in eine andere Kammer, wo sie ihre Liebe auf das vollkommenste und angenehmste krönten.

Nachdem Charles nicht nur zwei, sondern sogar vier Stunden gewartet hatte, im Glauben, es werde, wenn nicht die Dame, so doch wenigstens der besonnene Freund dafür sorgen, ihn aus dieser Lage zu befreien, in der er sehr gegen seine Neigung und voller Argwohn verharrte, merkte er, daß allmählich der Tag herannahe, und da er sie noch immer nicht kommen hörte, ging er mit sich selbst zu Rat und sagte: »Wenn die beiden, von Liebe erhitzt, sich keine Sorgen darüber machen, daß sie mich hier gelassen haben, als wäre ich nur ein dummes Tier, so muß ich doch selbst für mich und meine Ehre sorgen.« Damit erhob er sich, da es ihm schien, als ob der Gatte der Dame fest schliefe, leise aus dem Bett, warf die Kleider über die Schulter und wollte den Versuch machen, hinauszugelangen; als er aber entdeckte, daß die Tür von außen mit einem starken Riegel verschlossen war, erzürnte ihn das über die Maßen, und da er nicht wußte, wo sich Fenster befanden, noch worauf sie hinausgingen, kehrte er voller Ingrimm in das Bett zurück. Und obwohl er merkte, daß sein Nachbar aufgewacht war und sich im Bett hin und her bewegte, aber ohne sich ihm zu nähern oder ein Wort zu sagen, wurde er doch von Angst und Erstaunen bewegt.

Während er so von beunruhigenden Gedanken gepeinigt wurde, sah er durch die Risse der Fensterläden, daß es bereits heller Tag war, und in der Besorgnis, von seinem Bettnachbar erkannt zu werden, drehte er ihm den Rücken zu, machte sich ganz dünn und versicherte sich des Degens, um ihn im Notfall zur Hand zu haben, und überließ das, was kommen sollte, dem Schicksal. So lag er ganz still, aber äußerst verstimmt da. Nicht lange darauf hörte er, daß im Hause Feuer ausgebrochen war, und die Dienerschaft in aller Eile Wasser herbeitrug, um es zu löschen. Daher faßte er den festen Entschluß, eher als guter Ritter zu sterben, als hier an Stelle der Frau nackt im Bett gefunden zu werden. Damit sprang er, nachdem er den Degen aus der Scheide gezogen hatte, aus dem Bette, ging zur Tür und bemühte sich mit aller Kraft, sie zu öffnen, bis er hörte, daß sie ihm von außen geöffnet wurde. Da hielt er inne, worauf die Tür aufging, und er Philippe und die Dame Hand in Hand mit strahlenden Gesichtern eintreten sah, die ihn, den sie von Wut und Ingrimm erfüllt sahen, liebreich umarmten.

Als sie bemerkten, daß er noch ganz verdutzt dastand, und nicht wußte, wie ihm geschah, nahm ihn die Dame lächelnd bei der Hand und sagte zu ihm: »Lieber Herr, die ehrliche Zuneigung, die ich zu Euch hege, und die Liebe, die Ihr für andere hegt, gibt mir die vollkommene Sicherheit, das zu Euch zu sagen, was eine so innige Freundschaft verlangt. Ich weiß nicht, ob euch französischen Rittern von der Natur versagt ist, was sie selbst den unvernünftigen Tieren gewährt hat; und dies sage ich, weil ich kein gezähmtes oder wildes Tier kenne, bei dem das brünstige Männchen nicht das Weibchen am Geruch erkennte. Eure abgekühlte Natur, Ihr kluger und verständiger Ritter, der Ihr um der Liebe willen aus Frankreich zurückgekehrt seid, ist so schwach gewesen, daß ihr eine so lange Nacht diejenige, die Ihr so sehr zu lieben vorgabt, an Eurer Seite hattet, ohne sie am Geruch zu erkennen.«

Damit führte sie ihn zum Bett und zeigte ihm ihre Schwester, welche die ganze vergangene Nacht neben ihm gelegen hatte. Sehr beschämt stand der Ritter da, aber bald lachte er mit den anderen dreien so herzlich über sein Abenteuer, daß sie sich kaum auf den Füßen halten konnten. Hierauf schien es allen angemessen, daß sie sich zur Wiedergutmachung des begangenen Fehlers in zwei Paare trennten; und so pflückte Charles, ins Bett zurückgekehrt, die erste Blüte und die Frucht des seiner harrenden Liebesgärtleins, und jeder von beiden genoß voller Freude und Lust seine Dame, bis der Gatte von seiner Reise nach dem Westen zurückkehrte.

ANTONIO UND VERONIKA

Der Oberrichter Messer Mazzeo findet seine Tochter mit Antonio Marcello zusammen, der unerkannt flieht: Der Vater schickt seine Tochter in den Tod, die Diener aber, die Mitleid mit ihr empfinden, setzen sie in Freiheit, und sie gelangt als Mann verkleidet an den Hof des Herzogs von Kalabrien. Mit ihrem Fürsten gelangt sie wieder nach Salerno, wohnt im Haus des Geliebten, entdeckt, daß er der Erbe ihres Vaters geworden ist und gibt sich zu erkennen. Darauf heiraten sie und genießen das väterliche Erbe.

*

Ich erinnere mich, daß ich von meinem alten ehrwürdigen Großvater mehrmals habe erzählen hören, und zwar als unanzweifelbare Wahrheit, daß zur Zeit Karls II. zu Salerno ein hervorragender Edelmann aus alter und vornehmer Familie lebte, ein Oberrichter namens Messer Mazzeo, der an Geld und Gut alle seine Mitbürger übertraf. Er war schon hoch bei Jahren, als ihm seine Frau starb und ihm eine einzige Tochter namens Veronika hinterließ, eine sehr schöne und verständige Jungfrau, die der Vater entweder wegen der übergroßen Liebe, die er zu ihr als seinem einzigen tugendhaften Kind hegte, oder weil er sie für irgendeine hohe Verbindung aufheben wollte, obwohl viele sie zur Frau verlangten, immer unverheiratet im Hause behielt.

Nun war aber von ihrer Kindheit an ein adeliger Knabe namens Antonio Marcello immer im Haus aus und ein gegangen, weil eine weitläufige Verwandtschaft zwischen ihm und der Frau des Ritters bestand, und Veronika hatte auf diese Art eine solche Liebe für ihn gefaßt, daß sie gar keine Ruhe davor hatte. Antonio war zwar ein verständiger und sehr gesitteter Jüngling und wurde von dem Vater des Mädchens wie dessen eigener Sohn geliebt; aber da er Veronikas Gefühle für ihn wohl bemerkt hatte und als junger Mensch sich gegen die Angriffe der Liebe nicht mit seiner schwachen Einsicht schirmen konnte, entbrannte er von gleicher Glut, und da die Gelegenheit ihrem gemeinsamen Wunsch günstig war, kosteten sie ungestört die süßesten Früchte der Liebe.

Obgleich sie nun aber in der Fortsetzung dieser Genüsse mit der größten Vorsicht zu Werke gingen, so war ihre Umsicht doch nicht stark genug, den großen Schiffbruch zu vermeiden, der ihnen vom neidischen Geschick bereitet war; denn als sie eines Nachts selig und arglos beisammen waren, begab es sich, daß sie durch einen nicht bedachten Zufall von einem Diener des Hauses gesehen wurden, der alsbald den Ritter herbeirief und ihm seine Beobachtung erzählte. Dieser ging voll Zorn mit seinen Dienern dorthin, wo die Liebenden waren, und gerade auf dem Gipfel ihrer Lust wurden sie ohne Widerstand ergriffen. Antonio aber, der sehr kräftig und mutig war, rang sich gleich wieder aus ihren Armen los, bahnte sich mit dem Schwert in der Hand den Weg und kehrte so, ohne von jemand erkannt oder verletzt worden zu sein, nach Hause zurück.

Messer Mazzeo blieb zu Tode betrübt zurück, da er sah, wie weit die Sache schon gediehen war, und wollte nun von der Tochter wissen, wer der entflohene Jüngling gewesen sei. Da sie aber ihres Vaters makellose Tugend kannte, war sie vorsichtig und dachte, er werde, um den Rest seiner Tage nicht unter der Last eines solchen Kummers hinzubringen, ihm das Leben unter keinen Umständen schenken. Und weil ihr das Leben ihres Geliebten teurer war als ihr eigenes, gab sie ihm nach einiger Überlegung zur Antwort, sie wolle lieber jede Qual, jeden Tod selber erdulden, als den Jüngling nennen.

Die Wut des Vaters wurde dadurch geschürt, und als er nach vielen verschiedenen Martern sie doch hartnäckig auf ihrer Weigerung beharren sah, faßte er, obgleich die Liebe zu seinem eigenen Fleisch ihm das Herz zusammenpreßte, doch mit großer Mannhaftigkeit zuletzt den Entschluß, der Tochter den Tod zu geben. Er befahl daher sogleich, ohne sie weiter sehen zu wollen, zweien seiner vertrautesten Diener, sie unverzüglich auf eine Barke zu schleppen, einige Meilen ins Meer hinauszufahren und dann ins Wasser zu werfen.

Obgleich diese es ungern taten, legten sie ihr doch, um zu gehorchen, schnell Fesseln an und führten sie an das Meeresufer. Aber als sie die Barke zurechtmachten, fühlte sich einer von ihnen von Mitleid gerührt und versuchte auf eine geschickte Art seinen Genossen, der mit nicht weniger Widerstreben als er an einer so grausamen Handlung teilnahm. Ein Wort gab das andere, und so faßten sie am Ende den gemeinsamen Entschluß, wenn sie auch selbst dafür den Tod erleiden sollten, nicht allein ihr das Leben zu schenken, sondern auch sie in Freiheit zu setzen. Sie banden sie los und sagten ihr, daß sie aus Mitleid den grausamen Urteilsspruch des Vaters an ihr nicht vollziehen wollten. Zum Lohne dafür baten sie sie, sie möchte eine so große Wohltat nicht vergessen und außer Landes gehen, damit ihre Handlungsweise niemals ihrem Vater zu Ohren käme.

Als das arme Mädchen erkannte, daß ihre eigenen Diener ihr das Leben schenkten, fühlte sie wohl, daß eine Danksagung nicht entfernt für eine solche Tat hinreiche und flehte daher zum Vergelter alles Guten, daß er sie für eine so unschätzbare Gabe belohnen möge; und nachdem sie sich von ihrer großen Angst und ihrem Schrecken ein wenig erholt hatte, versprach und schwur sie ihnen bei der Rettung, die sie ihr zuteil hatten werden lassen, sich so zu verhalten, daß kein Lebender, geschweige denn ihr unbarmherziger Vater, je von ihr Kunde erhalte. Sie schnitten ihr daher die Haare ab, verkleideten sie mit ihren eigenen Kleidern, so gut es gehen wollte, als Mann, gaben ihr das wenige Geld, das sie bei sich hatten, wiesen ihr den Weg nach Neapel und trennten sich von ihr unter Tränen. Ihre Kleider brachten sie mit nach Hause und versicherten ihrem Gebieter, sie hätten sie getötet und mit einem großen Stein um den Hals etwa zehn Meilen vom Lande entfernt ins Meer versenkt.

Das unglückliche Edelfräulein, das nie aus Salerno herausgekommen war, wurde mit jedem Schritt mutloser, schon allein bei der Vorstellung, daß sie ihren Antonio nun verlasse ohne Hoffnung ihn wiederzusehen, und viele eitle Gedanken an die Rückkehr gingen ihr durch den Kopf; aber in Erinnerung an die empfangene Wohltat und zugleich an ihr gegebenes Versprechen hatte die Dankbarkeit, diese Blüte der Tugend, in ihr eine solche Kraft, daß sie jeden widersprechenden Gedanken von sich wies. Also nahm sie den Weg zwischen die Füsse, obwohl sie das Wandern nicht gewohnt war, befahl sich

Gott und ging vorwärts, ohne zu wissen wohin. So wanderte sie den ganzen Rest der Nacht weiter unter großen Beschwerden.

Gegen Tagesanbruch befand sie sich bei Nocera, wo sie von einer Gesellschaft von Reisenden eingeholt wurde, welche nach Neapel gingen, und sie schloß sich ihnen vertraulich an. Es befand sich darunter auch ein kalabresischer Edelmann, der dem Herzog von Kalabrien* einige Sperber überbrachte, die gemausert hatten. Diesem gefiel des Jünglings Aussehen, und er fragte ihn, woher er sei und ob er in Dienste treten wolle.

Veronika, welche in ihrer Kindheit durch Nachahmung einer alten, in ihrem Hause wohnenden Apulierin viele Worte dieser Mundart gelernt hatte, kam auf den Gedanken, sich derselben von nun ab ständig zu bedienen, und sie antwortete: »Messer, ich bin Apulier und in keiner anderen Absicht von zu Hause fortgegangen, als um Dienste zu suchen. Da ich aber der Sohn eines edlen Vaters bin, möchte ich mich nicht gern zu niedrigen Diensten verstehen.«

Da fragte ihn der Kalabreser: »Würdet Ihr Euch getrauen, einen Sperber zu versorgen?«

Diese Frage kam Veronika sehr gelegen, da sie im Hause ihres Vaters nicht nur einen, sondern viele mit großer Sorgfalt versorgt hatte. Sie antwortete ihm daher, sie habe sich von Kindheit auf mit nichts anderem beschäftigt. Nachdem sie noch manches miteinander gesprochen hatten, wurden sie einig, daß sie ihm unterwegs einen Sperber übernehme.

Als sie dann in Neapel angekommen waren, wurde sie von ihrem Herrn so angezogen, daß sie wirklich ganz wie ein schmucker Schildknappe aussah. Sei es nun Fügung des Schickals, oder daß ihr anmutiges Äußere ihn rührte, es begab sich, als man dem Herzog die Sperber überreichte, daß dieser zugleich mit den Vögeln den Apulier haben wollte, welcher so gut mit ihnen umzugehen wußte. So geschah es auch; er wurde auf die Liste der Dienstleute des Hauses gesetzt und ihm ein neapolitani-

* Gemeint ist der Sohn Karls II. von Anjou, der spätere König Robert von Neapel.

scher Edelmann beigesellt. Er gab sich auch so viel Mühe, sich gut zu führen und seinen Dienst recht zu versehen, daß er in kurzer Zeit die Gunst seines Gebieters in einem Maß erwarb, daß er zu den von ihm am höchsten Geehrten und Bevorzugten gehörte, und auf diese Weise ging es in zunehmendem Glück weiter, bis es dem Schicksal gefiel, seinen Angelegenheiten eine andere Bahn vorzuzeichnen!

Der alte Vater, der in unerträglichem Schmerz zurückgeblieben war, schloß sich, da die Sache ruchbar geworden war, und die ganze Stadt davon sprach, die meiste Zeit zu Hause ein und führte so dort, oder zuweilen auf einem Landgut, ein einsames und düsteres Leben.

Antonio aber, nachdem er mit bitteren, blutigen Tränen den Tod seiner Veronika beweint und beklagt hatte, war durch vorsichtige Erkundung zu der Überzeugung gelangt, daß der Ritter nie habe in Erfahrung bringen können, wer der geflohene Jüngling gewesen sei. Um nun jeden Verdacht von sich abzulenken und überdies von Mitleid gerührt, begann er ihn einige Tage nach dem Vorfall regelmäßig zu besuchen, begleitete ihn meistens auf das Land, bemühte sich stets um ihn mit zärtlichster Liebe und bezeigte sich gegen ihn wie ein leiblicher gehorsamer Sohn mit größter Nachgiebigkeit und Teilnahme.

Messer Mazzeo wußte dies besonders hochzuschätzen, da es ihm schien, Antonio sei der einzige, der ihn in seiner mißlichen Lage nie verlassen habe. Aus diesem Grund und wegen der außerordentlichen Vorzüge des Jünglings fühlte er sich gezwungen, ihn wie seinen eigenen Sohn zu lieben und wandte ihm so sehr alle Neigung seines Herzens zu, daß er keine Stunde ohne seinen Antonio bleiben konnte. Als er nun sah, daß dieser in solchem Gehorsam und solcher Dienstwilligkeit mit Ehrerbietung und Liebe fortfuhr, entstand in dem Herzen des Ritters, nachdem ihm sein unseliges Los ohne Erben gelassen, der Wunsch, ihn im Leben und im Tod zum Sohn anzunehmen. Dieser Gedanke reifte zum Entschluß, und als er seinen letzten Willen aufsetzte, bestellte er Antonio zum Erben aller seiner fahrenden und liegenden Habe und segnete auch bald darauf das Zeitliche.

Antonio, der sich nun im Besitz einer so großen Erbschaft sah, zog in das Haus des Ritters ein, und es war dort keine Stelle, wo er nicht in Erinnerung an seine Geliebte geweint und geseufzt hätte. Es ging ihm nicht aus dem Sinn, daß sie lieber den Tod habe erdulden als ihn entdecken wollen, und von dieser Liebestat überwältigt und noch viele andere schöne Eigenschaften seiner Veronika erwägend, faßte er bei sich den Plan und Entschluß, sich nie zur Eingehung einer Ehe verstehen zu wollen.

Unterdessen geschah es, daß der Herzog beschloß, eine Reise nach Kalabrien zu machen. Dies war dem Apulier über die Maßen lieb, da er so Aussicht hatte, nicht allein seine verlassene Vaterstadt wiederzusehen, sondern auch etwas von dem Geliebten, sowie von ihrem Vater zu vernehmen, den sie doch durchaus nicht zu hassen vermochte; denn um sich nicht irgendwie zu verraten, hatte sie vermieden, nach ihnen zu fragen und daher nie etwas von ihnen erfahren.

Als sie in Salerno ankamen, wurde das Gefolge des Herzogs nach Stand und Würden in verschiedenen Häusern untergebracht, und das Schicksal fügte es, daß durch eine ganz zufällige, unabsichtliche Anordnung Antonio Marcello das Los zufiel, den Apulier samt seinem Genossen in sein Haus aufnehmen zu müssen. Welche Freude dies Veronika machte, kann jeder selbst beurteilen. Sie wurden von Antonio sehr ehrenvoll und freundlich aufgenommen, und am Abend bereitete er ihnen eine üppige Mahlzeit, und zwar in derselben Loggia, wo er sich meistens mit der Geliebten vergnügt hatte. Als sie einander nun aufmerksam betrachteten, erwachte vor seinem geistigen Auge das Bild seiner Geliebten, und indem er ihres Lebens und Todes gedachte, begleitete er alle seine Worte mit heißen Seufzern.

Veronika, die sich so in ihr eigenes Haus geführt sah, war zwar erfreut, ihren treuen Liebhaber im Besitz von allem zu sehen; aber da sie weder den Vater noch jemand von der zur Zeit ihres Scheidens anwesenden Dienerschaft erblickte, erfaßte sie eine natürliche Wehmut, sie wünschte Aufschluß und scheute sich doch zu fragen.

Während sie unentschlossen bei Tisch saß, fragte ihr Genosse Antonio, ob das in der Loggia gemalte Wappen das seinige sei. Antonio antwortete: nein, es stamme vielmehr von einem sehr würdigen Ritter mit Namen Messer Mazzeo, dem Oberrichter, welcher, da er in seinem Alter keine Kinder gehabt, ihn zum Erben aller seiner Güter eingesetzt habe, weshalb er als adoptierter Sohn nicht nur die Besitzungen, sondern auch den Namen des Hauses und das Wappen, wie von seinem leiblichen Vater, sich zu eigen gemacht.

Als Veronika diese Kunde vernahm, fühlte sie sich plötzlich von solcher Freude erfüllt, daß sie nur mit Mühe die Tränen zurückhielt, doch bezwang sie sich, um die Mahlzeit nicht zu stören. Als diese aber vorbei war, konnte sie nicht länger warten, ihr unbestrittenes Besitztum, welches ihr das günstige Geschick bis zu diesem Tag aufbewahrt hatte, in ihre offenen Arme aufzunehmen. Sie faßte daher Antonio bei der Hand, verließ ihren Begleiter und die andere Gesellschaft, und sie traten in das anstoßende Zimmer. Dort wollte sie einige Worte sprechen, die sie sich vorher überlegt hatte, um zu sehen, ob er sie wiedererkenne, aber die Freude und die Tränen verschlossen ihr den Mund, sie sank ihm kraftlos in die Arme und konnte nur hervorbringen: »O mein Antonio, ist's möglich, daß du mich nicht kennst?«

Er, der, wie ich schon gesagt, wenigstens unbewußt, seine Veronika wiedererkannt hatte, war nun, da er die Worte hörte, plötzlich von der Richtigkeit seiner Ahnung überzeugt und sagte, von größter Rührung überwältigt: »Ach, so lebst du denn noch, meine Seele?« Nach diesen Worten sank auch er über sie hin. So hielten sie sich lang stumm umarmt, und als sie endlich wieder zu sich kamen und sich ihre seitherigen Schicksale erzählten, erkannte Antonio, daß das für sie beide so erfreuliche Ereignis nicht verheimlicht werden dürfe. Sie verließen daher das Zimmer, begaben sich zu Antonios Genossen, und obwohl es bereits spät war, schickte Antonio schleunig aus und beschied die ganze Verwandtschaft Veronikas und seine eigene, sie möchten sich wegen einer Sache von höchster Wichtigkeit in sein Haus verfügen. Sie erschienen sogleich, und sobald sie versammelt waren, bat er sie, sie möchten ihn zum Palast des Fürsten begleiten; denn er beabsichtige mit ihrer Erlaubnis von der Gnade des Herzogs die Wiedereinsetzung eines früher dem Messer Mazzeo gehörigen adeligen Lehens zu erbitten, das seit Jahren in fremdem Besitz befindlich, dem rechten Eigentümer, weil er unbekannt gewesen, keinen Nutzen getragen habe.

Alle gingen gerne mit ihm hin, und sobald sie vor dem Fürsten standen, nahm er seine Veronika bei der Hand, und vor allen Anwesenden erzählten nun die beiden ihre früheren und neueren Erlebnisse Punkt für Punkt, ohne etwas auszulassen, und erklärten sodann, daß sie schon zu Anfang ihrer Liebe sich durch ihr feierliches Wort und beiderseitige Zustimmung geheiratet hätten und nun beabsichtigten, es mit Genehmigung Seiner fürstlichen Gnaden vor so würdigen Zeugen öffentlich und feierlich zu besiegeln.

So sehr sich der Herzog mit seinen Baronen und der ganzen Verwandtschaft und allen anderen Einheimischen und Fremden darüber verwunderte, als sie diese seltsamen Begebenheiten vernahmen, so war es doch jedem sehr erfreulich zu sehen, welches gute und ehrenvolle Ende die Sache nahm, und das Verhalten Antonios sowie das würdige Benehmen Veronikas wurde von allen gelobt. Der Herzog entließ sie mit großer Freude nach Hause und veranstaltete am anderen Morgen eine feierliche prunkvolle Messe, welcher er selbst mit vielen Adeligen und anderen Leuten beiwohnte. Bei derselben wurde zur allgemeinen Freude unserer Salernitaner Veronika dem Antonio nach Stand und Würden angetraut, und sie erhielten vom Herzog sehr große Geschenke. Hierauf lebten sie in Glück und Reichtum, von inniger Liebe und schönen Kindern erfreut, lange Zeit ungestört bis an ihr Ende.

FRIEDRICH BARBAROSSA UND DER SULTAN

Friedrich Barbarossa wallfahrtet zum heiligen Grab. Der Papst hört es, läßt sein Bildnis malen und schickt es dem Sultan, wodurch Friedrich in Gefangenschaft gerät. Der Sultan schenkt ihm die Freiheit, verlangt aber fünfhunderttausend Dukaten dafür. Friedrich läßt ihm den Leib Christi zum Pfand, kehrt heim und schickt ihm das versprochene Geld. Gerührt durch soviel Tugend, schickt der Sultan es ihm zurück: Sie schließen Freundschaft miteinander, und der Kaiser verjagt den Papst aus Rom.

*

Als der Kaiser Friedrich Barbarossa in seiner außerordentlichen Frömmigkeit beschlossen hatte, als katholischer und sehr christlicher Fürst das Grab dessen zu sehen, der für unser aller Erlösung am Holz des Kreuzes sterben wollte, begann er heimlich Befehle zu geben, alles Nötige vorzubereiten, damit er unerkannt diese tugendhafte, fromme Reise bewerkstelligen könne. Doch wußte er die Sache nicht so im Verborgenen zu betreiben, daß Alexander III, der damals Papst und Stellvertreter Christi war, nicht von seinem Entschluß Kunde erhalten hätte. Dieser nun plante, als sein persönlicher und grimmiger Feind, niederträchtig wie er von Natur war, ihn auf dieser verdienstlichen und überaus frommen Wallfahrt durch die Feinde Christi gefangennehmen und töten zu lassen. Und um die Sache nicht lange aufzuschieben, wandte er sich an einen vortrefflichen Maler, den er unter dem Versprechen bedeutender Geschenke heimlich absandte, damit er das Antlitz des Kaisers nach der Natur abmale. Und nachdem er nicht lange darauf das Bildnis erhalten und gesehen hatte, daß ihm nur der Geist fehle, um lebendig und Wirklichkeit zu sein, schickte er es dem Sultan von Babylon durch einen vertrauten Kämmerer, dem er genau vorschrieb, was er zur Verwirklichung seines schlechten und verabscheuenswürdigen Wunsches zu tun und zu sagen habe.

Als dieser zur richtigen Zeit angekommen und heimlich zum Sultan geführt worden war, sagte er zu ihm: »Großmächtiger Herr, der allerheiligste Herr, unser

Papst, sendet mich, dir kundzutun, obgleich du zu den ersten und größten Feinden der christlichen Religion gehörst, deren Haupt, Steuermann und Lenker er als Nachfolger des heiligen Petrus ist, daß der Kaiser, nicht zufrieden, einen großen Teil des Westens zu besitzen, mit allen Mitteln danach trachtet, auch des Ostens sich zu bemächtigen; und darum schickt er sich, von einigen seiner Verbündeten aufgefordert und angestachelt, an, auszuziehen und das heilige Grab zu gewinnen. Er will dies aber nicht etwa aus Frömmigkeit als Anhänger der Fahne Christi tun, sondern als ungerechter Tyrann, voller Raubgier und lüstern nach anderer Gut, und um sich zum allgemeinen Herrn und Gebieter zu machen, will er dich und deine ganze Verwandtschaft mit Krieg überziehen. Und da er schon mehrmals seine Absichten in dieser Hinsicht vereitelt gesehen und vom Papst nur immer Märchen zur Antwort erhalten und sie als solche erkannt hat, trachtet er auf anderem Wege seine unersättliche Gier zu stillen. Er hat auch bereits mit Hilfe vieler anderer Christen gewaltige Vorbereitungen getroffen, aber da er niemand für geeignet genug hielt, ihm über die Beschaffenheit deines Landes und Staates genaue Auskunft zu geben, hat er sich entschlossen, mit zweien seiner vertrautesten Ritter in Pilgerverkleidung persönlich herzureisen, hat sich auch bereits auf den Weg gemacht und wird in kürzester Zeit seinen Wunsch in Erfüllung gebracht haben. Seine Heiligkeit hat dich daher nicht nur besonders davon benachrichtigen wollen, damit du schnell die nötigen Vorkehrungen gegen die drohende Kriegsfurie treffen könnest, sondern hat dir auch durch mich sein nach der Natur gemaltes Bildnis übersandt, mit dessen Hilfe du ihn ohne Zweifel widerstandslos in deine Gewalt bekommen wirst, wenn du den Weg, den er benutzten muß, sorgfältig überwachen läßt.« Und mit diesen Worten überreichte er ihm das Bildnis.

Der Sultan, der ein sehr kluger Herr war, hörte zwar den Gesandten und seine Botschaft dankbar an, ließ dem Papst seinen innigsten Dank sagen, entließ den Gesandten mit vielen Geschenken und sandte ihn wieder zurück; bei sich selbst aber dachte er, daß das ein ausgesucht niederträchtiger Streich dieser grundschlechten

Pfaffenbrut sei und sah das bestätigt, was er schon so oft von vielen hatte sagen hören, nämlich daß der oberste Hirte mit dem größten Teil seines Konsistoriums nicht allein von Hochmut und Habgier, von Neid und unerlaubten Wollüsten befleckt, sondern von allen erdenklichen verbrecherischen und abscheulichen Lastern voll sei. Dennoch aber schenkte er der Botschaft vollsten Glauben und befahl nach genauer Betrachtung aller Züge des kaiserlichen Antlitzes, das auf ihn großen Eindruck machte, nicht nur in aller Eile und mit großer Umsicht, wie man sich der Person Friedrich Barbarossas mit aller Vorsicht bemächtigen solle, wenn er käme, sondern er ließ auch alle heidnischen Mächte auffordern, sich bereit zu halten und sammelte gewaltige Schätze zur Besoldung des Kriegsvolkes, um dem großen Unheil, das er sich bereitet glaubte, zu begegnen.

Nachdem der Kaiser einen großen Teil seiner Vorbereitungen getroffen hatte und es ihm an der Zeit schien, begab er sich mit seinen beiden Gefährten in kunstvoller Verkleidung heimlich auf die geplante Reise und gelangte endlich nach vielen geistigen und körperlichen Mühen, Leiden und Entbehrungen zu Wasser und zu Lande dorthin, wo seine Feinde ihn schon eifrig erwarteten. Er wurde dank der Ähnlichkeit des Bildnisses sogleich erkannt und in aller Stille und auf schickliche Weise gefangengenommen und vor den Sultan geführt.

Jeder wird sich vorstellen können, wie froh und zufrieden dieser über das Gelingen der Gefangennahme war; und obwohl er ihn zuerst mit einiger Strenge empfing, konnte er doch nicht umhin, ihn zu bewundern und anzuerkennen, daß er ein von Gott und dem Schicksal mit den größten Gaben bedachter Fürst sei. Sein Respekt vor ihm wurde daher noch größer, als er es vorher schon gewesen war, und er ließ ihn unter großen Vorsichtsmaßregeln im Inneren seines Palastes bewachen und mit Ehren und Sorgfalt bedienen. Als es ihm an der Zeit schien, ließ er ihn vor sich kommen und fragte ihn wohlwollend nach dem Zwecke seines heimlichen Kommens.

Der Kaiser, den seine Gefangennahme nicht in Bestürzung versetzt hatte, antwortete ihm also mit nicht geringer Mannhaftigkeit: »Herr, nachdem ich bisher den größten Teil meines Lebens in Pracht und Festesglanz, in den Genüssen dieser Erde, in zeitlichem Ruhm und unter nichtigen Lobpreisungen hingebracht habe, beschloß ich, Gott und dem Heil meiner Seele Genüge zu tun, indem ich unter vielen Gefahren und Leiden die kleine Stätte besuchen ginge, wo der Sohn Gottes, der Erlöser der Welt, nachdem er von den Juden getötet worden, für kurze Zeit geherbergt hat; und obwohl dieser mein löblicher Wunsch das Gegenteil der Erfüllung gefunden hat, so bereue ich meine Wallfahrt doch nicht und werde sie nie bereuen, und wenn ich dafür nicht nur einen, sondern tausend Tode erleiden sollte, weil ich ihm, der für mich gelitten hat und gestorben ist, gedient habe und meiner Verpflichtung zum Teil nachgekommen bin.«

Der Sultan erkannte aus den Worten des Kaisers, daß der äußere Eindruck seiner Erscheinung ihn nicht getäuscht hatte; und da er seiner aufrichtigen und verständigen Rede weit mehr Glauben schenkte als der von blindem Neid und wütendem Haß verursachten tückischen und erlogenen Mitteilung des Papstes, kam ihm sogleich der Wunsch, ihm einen Beweis seiner Großmut zu geben, und er sagte, zum Kaiser gewandt: »Der große Gott, der alles kann und weiß, muß mir bezeugen, daß ich mich durch deine vielen Tugenden, die mir durch den Mund der wahren Fama kund wurden, genötigt glaubte, dich von ganzem Herzen zu lieben und innig wünschte, dir gefällig sein zu können. Und wenn du dich herbeigelassen hättest, dich vor Antritt deiner Reise hierher vertrauensvoll an mich zu wenden, wie deine Würde es erforderte, so wäre dein größter Wunsch zu beider gemeinsamer Freude gewiß erfüllt worden; da du jedoch, vielleicht weil der Himmel es so bestimmt hat, auf diese Weise gekommen bist, macht es mir Freude, daß du bei mir, den du für deinen Feind hieltest, mehr Güte finden wirst, als du bei dem Haupt und Verwalter eures Glaubens zu finden dachtest.« Mit diesen Worten zeigte er ihm sein Bildnis und erzählte ihm ausführlich, wie er in den Besitz desselben gelangt sei, und was der Papst ihm habe mitteilen lassen, um seinen Tod herbeizuführen. Dann fügte er hinzu: »Obgleich du kriegerischer Absichten verdächtig als Gefangener und Opfer in meine Hände gegeben bist, und ich mich an dem Feind der Feinde rächen könnte, so will ich dir nicht allein das Leben, sondern auch die Freiheit schenken. Da ich jedoch seit Erhalt der Nachricht bis heute einen großen Schatz für die notwendigen Vorbereitungen nicht nur zur Verteidigung meines Reiches sondern auch für einen eventuellen Angriff ausgegeben habe, so habe ich beschlossen, daß du mir als Entgelt für ein so großes Geschenk und als teilweise Entschädigung für das umsonst ausgegebene Geld fünfhunderttausend Dublonen dazugeben sollst. Sobald die Summe hier eingetroffen ist, werde ich dir nicht allein die Freiheit geben, sondern auch dafür sorgen, daß du wohlbehalten heimkehrst.«

Obgleich der Kaiser über die Maßen erstaunt war über die tückische und nichtsnutzige Handlungsweise des gottlosen Papstes, vielmehr des Vorläufers des Antichrist, so war doch seine Freude über die Tugend, die er wider Erwarten beim Sultan fand, und über das glückliche Ende, das die Angelegenheit nahm, so groß, daß ihm die genannte Summe äußerst geringfügig erschien. Und nachdem er sich unendlich für die unverhoffte Großmut bei ihm bedankt, und sie zusammen vielerlei über das abscheuliche Luderleben dieses zu einem freßgierigen reißenden Wolf gewordenen Hirten gesprochen hatten, sagte er zu ihm: »Tugendreicher Herr, obgleich ich den verlangten Preis als äußerst geringfügig ansehe so erkenne ich doch, daß ich, wenn ich hier bleibe, gar nicht die Möglichkeit haben werde, die Summe kommen zu lassen; denn sobald die Tatsache meiner Gefangenschaft in der Christenheit bekannt wird, so werden innerhalb und außerhalb Italiens auf den Rat und unter Begünstigung desselben Papstes Mitgefühl heuchelnd viele aufstehen, die sich an meine Stelle setzen möchten, so daß in kürzester Frist meine Herrschaft und meine Schätze in anderen Händen wären, und dann müßte ich, abgesehen davon, daß deine und meine Absicht dadurch vereitelt würde, hier als vollkommener Privatmann bei dir in dauernder Gefangenschaft bleiben. Möge es dir daher in deiner Großmut und Einsicht gefallen, die angefangene Güte vollzumachen und durch eine einzige Tat so vielen Nachteilen vorzubeugen; ich werde dir außer meinem Wort einen unvergleichlich viel größeren Herrn, als ich einer bin, als Preis und Pfand zurücklassen, nämlich den allerheiligsten Leib meines Herrn Jesus Christus, bei dem ich dir schwöre und verspreche, daß ich dir, sobald ich mit dem Willen dieses Gottes zu Hause angelangt bin, ohne Verzug die versprochene Schuld übersenden werde. So wirst du dir mich und alles, was ich besitze, auf immer verpflichtet sehen.«

Dem Sultan leuchteten die wahren und ungeheuchelten Gründe des Kaisers ein, aber er verwunderte sich gar sehr über das außerordentliche Wesen, das der christliche Herrscher von der kleinen aus Brotteig gebildeten Hostie, die durch das Wort des Priesters in den Leib Christi verwandelt wird, machte. Aber so groß war ihre Wirkung, daß sie jede andere Absicht, die er zur Erlangung des Geldes ausgedacht hatte, entkräftete und ihn sogleich den Entschluß fassen ließ, das genannte Pfand anzunehmen, aber nicht, weil es ihn irgend nach jenem Geld verlangte, sondern allein, um einen so außerordentlichen Beweis des Glaubens der Christen zu sehen. Und so antwortete er ihm mit kurzen Worten, er sei bereit, sich dem Wunsch des Kaisers zu bequemen, und es solle alles so gemacht werden, wie er gebeten habe. Und da er um Eile ersuchte, ließ er unverzüglich einen Mönch aus der Niederlassung der Minderbrüder kommen. Als dieser erschienen war, ließ der allerchristlichste Kaiser in Gegenwart des Sultans den Leib Christi in Frömmigkeit und mit den üblichen Zeremonien feierlich weihen, barg ihn in ein überaus feines Tabernakel und überreichte ihn mit großer Ehrfurcht und unter frommen Tränen dem Sultan. Und nachdem er ihm sein Wort gegeben hatte, sein Versprechen zu erfüllen, kehrte er wenige Tage darauf, heimlich wie er gekommen, in sein Reich zurück.

Als er dort angekommen war, befahl er, stets die empfangene Wohltat vor Augen, in größter Eile einige Galeeren auszurüsten, ließ diese von einer ansehnlichen Gesandtschaft und einem ihm ergebenen Kaplan besteigen und schickte dem Sultan die fünfhunderttausend Dublonen in neuen Stücken mit neuer Umschrift. Nachdem die Abgesandten zu gehöriger Zeit in Alexandria eingetroffen und vor den Sultan geführt worden waren, richteten sie ihm die ehrenvolle Botschaft aus und überreichten ihm das mitgebrachte Geld mit der Bitte, ihnen das vom Kaiser dort gelassene Pfand zurückzugeben.

Der Sultan, der die Gesandten erfreut empfangen und der volkommenen Tugend des Kaisers bei sich selbst das höchste Lob gespendet hatte, ließ alsbald das Tabernakel mit dem Leib Christi kommen, und der Kaplan nahm diesen in Gegenwart des Sultans, seiner Mamelucken und anderer Leute mit großer Ehrfurcht aus dem Schrein und genoß ihn. Da wurde das Erstaunen des Sultans noch viel größer als vorher, und ganz außer sich sagte er bei sich selbst: »In der ganzen übrigen Welt gibt es nicht einen solchen Mann wie meinen neuerworbenen vollkommenen Freund.« Und er erkannte nicht nur dem Glauben der Christen eine außerordentliche Kraft zu, sondern staunte über die Hochherzigkeit des Kaisers, der für einen so kleinen Bissen eines so geringen Kaplans einen so gewaltigen Preis bezahlt hatte. Und zu den Abgesandten gewendet sprach er: »Gott verhüte, daß irgendeine Geldsumme oder irgendwelche Schätze imstande seien, unsere junge Freundschaft zu verletzen oder irgendwie zu beflecken; und so kehrt denn zu euerm und meinem Herrn mit dem Geld, das ihr mitgebracht, wieder zurück und sagt ihm, indem ihr mich ihm empfehlt, nachdem es ihm gefallen habe, meine Seele durch seine große Tugend in Besitz zu nehmen, so solle und möge er in jeder andern Hinsicht über mich und das Meine verfügen, nur dürfe er nie daran denken, mich zum Behalten des übersandten Geldes zu veranlassen; denn der gute Wille, den er bewiesen, soll mir auf immer für die Tat gelten. Da ich nun aber nicht ein so großes und würdiges Pfand besitze wie das, welches er mir zur Erfüllung seines Versprechens zurückließ, und ich mich dessen bedienen muß, was ich habe, so werde ich ihm meinen erstgeborenen Sohn nicht als Pfand, sondern als Beweis und Bekräftigung unserer Freundschaft in eurer Begleitung senden, damit er, dessen Tugend auf der Welt ohne Beispiel ist, ihm seine preiswürdige Lebensführung und seine vortrefflichen Sitten vermittle und ihm, wenn es ihn an der Zeit dünkt, wohlgesittet und gut unterrichtet wieder zurücksende.«

Nach diesen Worten ließ er sogleich viele von seinen schönsten und kostbarsten Juwelen kommen und sandte sie zusammen mit dem zurückgewiesenen Geld und seinem Sohn unter Beweisen der zärtlichsten Zuneigung an den Kaiser. Dieser empfing den Jüngling mit den größten Ehren und lebhaftester Freude und behielt ihn ungefähr drei Jahre beständig wie seinen eigenen Sohn bei sich, worauf er ihn dann wohl in den Wissenschaften unterrichtet und im Besitz vieler anderer Vorzüge mit nicht geringen Geschenken an den Vater zurücksandte.

Und wie er das empfangene Gute nicht unvergolten gelassen hatte, so wollte er, nachdem dieses geschehen war, die verbrecherische Tat des ruchlosen Papstes nicht ungestraft durchgehen lassen; er sammelte daher einen großen Kriegsschatz und rüstete ein gewaltiges Heer aus, mit welchem er gegen den Papst zog, den er nicht aus Rache, sondern um ihn zu züchtigen und zum ewigen Beispiele der Bestrafung eines so gehässigen Verrates, nicht allein mit Schimpf und Schande aus Rom verjagte, sondern ihn im Hospital zu Siena wie einen ganz gemeinen Priester im größten Elend, wie er es verdient hatte, sterben ließ.

***

ALICE VOLLENWEIDER

Masuccio Salertinano

Im Kapitel »Die Religion im täglichen Leben« seiner *Kultur der Renaissance in Italien* schreibt Jacob Burckhardt: »Wenn man den *Decamerone* und die Novellen des Franco Sacchetti liest, sollte man glauben, die frevelhafte Rede gegen Mönche und Nonnen wäre erschöpft. Aber gegen die Zeit der Reformation hin steigert sich der Ton noch um ein Merkliches. Gerne lassen wir Aretino aus dem Spiel, da er in den Ragionamenti das Klosterleben nur zum Vorwand braucht, um seinem eigenen Naturell die Zügel schießen zu lassen. Aber einen Zeugen statt aller müssen wir hier nennen: Masuccio in den zehn ersten seiner fünfzig Novellen. Sie sind in der tiefsten Entrüstung und mit dem Zweck, diese zu verbreiten, geschrieben und den vornehmsten Personen, selbst dem König Ferrante und dem Prinzen Alfonso von Neapel dediziert. Die Geschichten selbst sind zum Teil älter und einzelne schon aus Boccaccio bekannt; anderes aber hat eine furchtbare neapolitanische Aktualität. Die Betörung und Aussaugung der Volksmassen durch falsche Wunder, verbunden mit einem schändlichen Wandel, bringen hier einen denkenden Zuschauer zu einer wahren Verzweiflung. Von den herumziehenden Minoritenkonventualen heißt es: ›Sie betrügen, rauben und huren, und wo sie nicht mehr weiter wissen, stellen sie sich als Heilige und tun Wunder, wobei der eine das Gewand von S. Vicenzo, der andere die Schrift S. Bernardinos, ein dritter den Zaum von Capistranos Esel vorzeigt...‹«

Masuccio, der ungefähr von 1410 bis 1475 lebte, ist für Burckhardt ein kostbarer Zeuge, weil er seinem Zorn über den korrupten Klerus seiner Zeit in drastischer Zuspitzung zu formulieren weiß, ohne darüber die realistischen Einzelzüge zu vernachlässigen.

Daß Masuccio den Sittenzerfall der Kirche viel aggressiver und höhnischer denunzierte als seine novellenschreibenden Zeitgenossen und Vorgänger bis zurück zu Boccaccio, hängt zweifellos damit zusammen, daß er als Sekretär des Fürsten Sanseverino von Salerno im Einflußbereich des aragonesischen Königshofs lebte, der mit der römischen Kurie jahrzehntelang in heftigem Streit lag. An diesem Hof gehörte der Antiklerikalismus zum guten Ton; die grelle Pfaffensatire wurde geschätzt und der Salernitaner Schriftsteller konnte seiner komischen Einbildungskraft freien Lauf lassen, wenn es darum ging, die allgemeine Lasterhaftigkeit der Diener Gottes zu entlarven.

Daß Masuccio ein Höfling war, dem es daran lag, seinen adligen Lesern nicht zu mißfallen, zeigen sehr deutlich die Widmungen, die er den fünfzig Novellen seines »Novellino« voranstellt: sie gelten durchwegs wichtigen und einflußreichen Persönlichkeiten des Hofs von Neapel: zuerst begegnen wir Ippolita, der Tochter Francesco Sforzas von Mailand, die sich 1465 mit dem Kronprinzen Alfonso vermählt hatte; dann erscheint König Ferrante mit seinen Töchtern und seinen ehelichen und unehelichen Söhnen. Es folgen die Sekretäre des Königs, unter ihnen die Humanisten und Schriftsteller Antonio Panormita und Giovanni Pontano, welcher letztere Masuccios Grabinschrift verfaßte. Auch die neapolitanischen Adligen, die sich in den Dienst der Spanier gestellt hatten, nehmen viel Raum ein, allen voran Masuccios Dienstherr Roberto Sanseverino, der als siegreicher Admiral und Heerführer 1462 vom König den Titel eines Fürsten von Salerno bekam.

Die Widmungen sind in dem schwulstigen und untertänigen Zeitstil verfaßt, in dem auch Boiardo und später Ariost ihre fürstlichen Mäzene lobten. So streng Masuccio in seinen Novellen mit den heuchlerischen Priestern ins Gericht geht, so unbekümmert schmeichelt er seinen mächtigen Gönnern: den grausamen und tyrannischen König Ferrante nennt er »einen überaus frommen Herrscher« und dessen Sohn Alfonso, der seinen Vater an Skrupellosigkeit noch übertraf, bezeichnet er gar als »mio dio terreno« – meinen irdischen Gott.

Das Interesse dieser Widmungen, deren Monotonie auch den geduldigsten Leser ermüdet, liegt allein in ihrer historischen Aussagekraft; aus ihnen lassen sich fast alle Informationen, die wir über Leben und Werk des Salernitaners haben, ableiten: er hieß eigentlich Tommaso Guardati, stammte aus einer adligen Familie aus Sorrent, verbrachte seine Jugend in Salerno und wurde in dieser Stadt nach 1463 Sekretär Roberto Sanseverinos. Weder sein Geburts- noch sein Todesjahr sind bekannt; aus einer 1743 erschienenen Genealogie der Familie Guardati weiß man aber, daß er um 1440 Cristina Pando aus Manfredonia heiratete, von der er vier Kinder hatte, deren Leben zum Teil in mehr Einzelheiten bekannt ist als die Biographie ihres berühmten Vaters.

Masuccio hat alle seine Novellen nach einem vierteiligen Schema konstruiert, dessen Abschnitte durch Titel besonders hervorgehoben werden: am Anfang steht die Zusammenfassung (argomento); es folgt die Widmung (esordio); dann kommen die eigentliche Erzählung (narrazione) und zum Schluß der moralische Kommentar, der unter der Überschrift »Masuccio« mitgeteilt wird. Diese moralischen Kommentare sind genau wie die Widmungen fast immer nur Leerformen, die die Illusion einer sorgfältigen Komposition erwecken sollen. Für den Leser sind sie unerheblich, weil Masuccio sich meist damit begnügt, die erzählte Geschichte nochmals zusammenzufassen und das Thema der folgenden Novelle anzukünden.

Die schablonenhaft statische Struktur dieses Rahmens wirkt wie ein Spiegel der starren Etikette am aragonesischen Königshof, ganz im Gegensatz zur Rahmenerzählung des *Decamerone*, die sich in lebendiger Vielfalt aus dem geselligen Zusammensein vornehmer junger Frauen und Männer aus Florenz entwickelt. Dennoch erwähnt Masuccio »den berühmten und vielgelobten Boccaccio« ausdrücklich als sein Vorbild, dem er auch in der Aufteilung seines *Novellino* in fünf Sequenzen von je zehn Novellen folgt.

Die Abenteuer aus der vornehmen Welt, der Masuccio als adliger Sekretär angehörte, sind spannungsloser und konventioneller erzählt als die volkstümlichen Geschichten, die er ohne Rücksicht auf höfische Zwänge schrieb. Hierauf hat auch der neapolitanische Politiker und

Literat Luigi Settembrini hingewiesen, der 1874 die erste kritische Ausgabe des *Novellino* herausbrachte und in seinem Vorwort schrieb: »Das Buch hat ein gewisses aristokratisches Gepräge: es lobt ausschließlich den Adligen und alles, was zum Adel gehört; und wo es das Volk darstellt, ist es bestrebt, den großen Herren ein willkommenes Schauspiel vorzuführen: so nimmt man wahr, daß es zur Zeit der mächtigen Barone verfaßt wurde.«

Ein helles Licht auf Masuccios höfische Parteilichkeit wirft der 1976 erschienene Essay Michel Olsens über »Les transformations du triangle érotique«, der nachweist, daß im *Novellino* das klassische ehebrecherische Dreiecksverhältnis stets zu Gunsten des Liebhabers oder des Ehemannes, der einem höheren Stand angehört, aufgelöst wird. Mit andern Worten: eine Frau, die sich mit einem Mann niederen Standes einläßt, wird samt ihrem Liebhaber grausam bestraft oder getötet; ist der Liebhaber dagegen adlig, hat der Ehemann vor Kummer und Schmerz zu sterben oder doch wenigstens zu verschwinden. Ein Partnertausch, wie er sich in der Novelle »Die beiden Freunde« zwischen einem Müller und einem Schuster entwickelt, ist nur unter Leuten von niedrigem Stand möglich, die zudem, wie am Anfang der Geschichte vorsorglich berichtet wird, in einer einsamen Gegend leben, deren Bewohner grob und ungebildet sind. In dieser totalen Anpassung an den Ehrenkodex der herrschenden Klasse unterscheidet sich der *Novellino* sowohl von den französischen Fabliaux des Mittelalters als auch von Boccaccio und dessen Nachfahren, die hochgestellte Personen durchaus nicht mit Spott verschonen.

Am besten erzählt deshalb Masuccio, wo er sich ohne Einschränkung seinem cholerischen Temperament überlassen kann, um die Falschheit der Priester und die Geilheit der Frauen zu denunzieren, beides Themen, die ihn als echten Moralisten ebenso faszinieren wie empören. Obwohl er sich in der Einleitung zum dritten Teil, der von der Infamie der Frauen handelt, darüber beklagt, daß auch die größte Eloquenz nicht ausreiche, um dieses »verdorbene, gemeine und durch und durch unvollkommene weibliche Geschlecht« darzustellen, zeigt er sich in dieser Materie als ein Meister, der grenzenlose erotische Leidenschaft in derben und eindrücklichen Beispielen vorführt. Seine »Wölfinnen von skrupelloser Geilheit« ziehen ihren Ehemännern Mohrensklaven vor, die vom zornigen Erzähler als schwarze Hunde oder unvernünftige Tiere apostrophiert werden; andere vergnügen sich mit einem Zwerg, empfangen in der gleichen Nacht drei Liebhaber und schrecken auch vor dem Inzest nicht zurück. Die Tugend ist aus Masuccios phallozentrischer Weltsicht ein männliches Privileg: die wenigen tugendhaften Frauen, die in seinen Novellen auftreten handeln »mit bewunderungswürdiger Männlichkeit« wie zum Beispiel die Heldin der schönen Novelle »Die Rache der Verlassenen«, die auszieht, um ihren untreuen Liebhaber zu töten und dabei einem hohen Magistraten begegnet, dem es gelingt, die beiden Liebenden doch miteinander zu versöhnen.

Masuccio ist ein hinreißender Erzähler, wenn es darum geht, rasch ablaufende Geschehnisse klar und genau festzuhalten. Seiner flinken Feder gelingt es, die verrücktesten Situationen leicht und natürlich darzustellen, wie zum Beispiel in der ersten Novelle das Versteckspiel mit der Leiche eines geilen Mönchs, das in einer nächtlichen Reiterszene kulminiert, in der ein Hengst mit dem toten Mönch im Sattel die Stute verfolgt, auf der der vermeintliche Mörder zu fliehen versucht. Um Trug und Täuschung kreisen ohne Ausnahme alle Novellen des Salernitaners: Mönche und Kardinäle, Nonnen und Fürsten, liebestolle Frauen und abenteuerlustige Kavaliere. Handwerker und Schankwirte sind mit wacher Geistesgegenwart stets bereit, Schein und Sein zu ihrem Vorteil gegeneinander auszuspielen und durch geschickte Regie die verfänglichste Situation in ihr Gegenteil zu verkehren, so wie jener Mönch, der seine im Ehebett vergessene Hose kurzerhand zur Reliquie erklärt.

Die Lust am Doppelbödigen und Doppeldeutigen zeigt sich im *Novellino* auch in dem zentralen Motiv des Sich-Verkleidens: man verkleidet sich, um seine Identität zu verbergen oder auch, um dem Betrug der andern auf die Spur zu kommen. Die Frauen, die ihr Schicksal selbst in die Hand nehmen, um ihren Geliebten zu suchen, tun es in Männerkleidern, während sich hinter vermeintlichen Sklavinnen, die verhüllt aus dem Haus ihrer Besitzer geführt werden, Töchter und Ehefrauen verbergen, die Lust auf neue Abenteuer haben. Noch besseren Schutz als die Verkleidung bietet den Liebenden aber die Dunkelheit der Nacht, in der Sein und Schein im anonymen Genuß der Leidenschaft zusammenfallen. Das dunkle Zimmer, in das der Held der Novelle »Eine vorsichtige Liebhaberin« geführt wird, hat im Rahmen des Novellino Symbolcharakter: es steht für eine Wirklichkeit, die nicht entschlüsselt werden kann, weil es sie vielleicht gar nicht gibt.

Obwohl für Masuccio die Peripetien der novellistischen Handlung wichtiger sind als Personen und Schauplätze, bei deren Schilderung er sich kaum aufhält, gibt sein Werk ein anschauliches Portrait der gesellschaftlichen und politischen Kultur Süditaliens im fünfzehnten Jahrhundert: seine Novellen spielen nicht nur auf genau bezeichneten Straßen und Plätzen Neapels und Salernos, sondern führen auch in die Landschaft Kampaniens, nach Kalabrien und nach Sizilien, dessen Kontakte mit Nordafrika am Anfang der Novelle »Die Frau und der Mohr« wie folgt skizziert werden:

»Trapani ist, wie viele wissen, eine edle Stadt Siziliens; sie liegt in den äußersten Teilen der Insel und Afrika fast näher als ein anderes Land der Christenheit. Aus diesem Grunde gehen die Trapanesen mit ihren Kriegsfahrzeugen sehr häufig an den Küsten und Gestaden der Mauren auf Raubzug und machen fortwährend sehr beträchtliche Beute, werden allerdings auch ihrerseits gelegentlich von den Mauren gebrandschatzt. So geschieht es denn oftmals, daß sie, um den Gefangenenaustausch oder Rückkauf auszuhandeln, Waffenstillstände schließen, Waren herbeischaffen, kaufen, verkaufen und ganz ungezwungen miteinander verkehren, weshalb es auch wenige Trapanesen gibt, denen die Verhältnisse der maurischen Länder nicht ebenso bekannt wären, wie die ihrer eigenen.«

Aus knappen Hinweisen erfährt man, wie ein junger Adliger sich kleidet, was ein reicher Kaufmann seiner Geliebten zum Nachtmahl bringt, wie ein Kaufmann und ein Wirt miteinader reden, und neben der antiklerikalen Satire findet man in der Novelle »Die Antwort des Gehängten« sogar eine indirekte Kritik an der Hispanisierung des Lebens in Süditalien, wo bittere Armut herrsche, seit die Söhne das Handwerk ihrer Väter aufgegeben haben, um Advokat, Notar, Arzt, Offizier oder Ritter zu werden.

Als Bild für die Arbeit des Schriftstellers verwendet Masuccio, in Vorreden und Kommentaren zu seinen Novellen immer wieder die danteske Metapher der Schifffahrt, die er als Küstenbewohner aus eigener Erfahrung so konkret und anschaulich beschreibt, daß man sich mit ihm darüber freut, wenn »die zerrissenen Segel geflickt und alle anderen Gerätschaften wieder in Ordnung gebracht sind«, damit er bei ruhigem Meer und sanftem Wind zu neuen Ufern des Erzählens ausziehen kann.

EDITORISCHE NOTIZ

Aus dem Korpus der fünfzig Novellen des *Novellino* wurden für diese Ausgabe alle kulturhistorisch wichtigen Novellen ausgewählt und vom Verlag mit Titeln und Erläuterungen versehen; dabei wurden die Widmungen wie die Kommentare, »fast immer nur Leerformen« (siehe das Nachwort von Alice Vollenweider), weggelassen.

Die einzelnen Novellen, die hier in der Reihenfolge Masuccios erscheinen, tragen folgende Ziffern: »Der reitende Tote«: I; »Die Hosen des Heiligen Greif«: III; »Rom oder Konstantinopel«: V; »Die kluge Nonne«: VI; »Eine angemessene Antwort«: VIII; »Auf Pilgerschaft geschickt«: IX; »Der geldgierige Mönch«: X; »Die Frau als Jüngling«: XI; »Der Jüngling als Witwe«: XII; »Der gefoppte Gouverneur«: XIII; »Endlich überzeugt«: XV; »Der betrogene Heilige Bernhardin«: XVI; »Zaubereicheln und Wunder«: XVIII; »Die Antwort des Gehängten«: XIX; »Der mißlungene Liebeszauber«: XX; »Die Frau und der Mohr«: XXII; »Die Witwe und ihr Sohn«: XXIII; »Eine vorsichtige Liebhaberin«: XXVI; »Die Rache der Verlassenen«: XXVII; »Die geile Frau und der Zwerg«: XXVIII; »Das dreifache Versprechen«: XXIX; »Der verführte Fürst«: XXX; »Trau keinem aus Ragusa«: XXXIV; »Die beiden Freunde«: XXXVI; »Das teure Fischessen«: XXXVIII; »Die Florentiner Schwestern«: XLI; »Antonio und Veronika«: XLIII; »Friedrich Barbarossa und der Sultan«: XLIX.

Basis der Übersetzung ist die von Hanns Floerke, 1917 in einer limitierten Auflage von 800 Exemplaren in München veröffentlicht, die hier mit freundlicher Genehmigung von Friderun Thiel erscheint. Diese Übersetzung hat Maja Pflug anhand der kritischen Ausgabe von Giorgio Petrocchi (Masuccio Salernitano, *Il Novellino*, Firenze 1957) überprüft.

Die Einleitung von Gianni Celati (übersetzt von Maja Pflug) und das Nachwort von Alice Vollenweider wurden für diese Ausgabe geschrieben.

Die Vorlage für den vorderen Vorsatz des ersten Bandes (Neapel) war Sebastian Münsters »Cosmographia oder Beschreibung der ganzen Welt« (1628), das Frontispiz für den ersten Band ist ein Ausschnitt aus *Abreise von Piccolomini zum Konzil von Basel* von Pinturicchio (1502/07), ein Ausschnitt aus der *Legende der hl. Ursula* von Carpaccio (um 1459) das Frontispiz des zweiten Bandes. Die Vorlage für den hinteren Vorsatz des ersten Bandes (Kampanien) die »Cosmographia« des Claudius Ptolemaeus (1478), die Vorlage für den vorderen Vorsatz des zweiten Bandes (Süditalien) der Atlas von Gerardus Mercator (1595), die Vorlage für den hinteren Vorsatz des zweiten Bandes (Neapel) ist von Matteo Greuter (Venedig 1657). Die Holzschnitte innerhalb des Textes sind einer frühen Ausgabe des *Novellino* entnommen, die 1510 in Venedig erschien.